KB059616

너만
모르는
엔딩

최영희

SF 소설집

사□계절

차례

기록되지 않은
이야기

1.

그날의 납치 사건에 대한 공식적인 기록은 아무것도 없었다. 그날 무슨 일이 있었는지 속속들이 기억하는 사람이 없으니 당연한 결과인지도 모른다. 적어도 지구에서는 말이다.

2018년 가을의 어느 월요일…….

대한민국 경기도 고양시 낙석중학교 2학년 우기영은 하품을 깨물며 학교에 가는 중이었다. 5미터쯤 뒤처진 곳에 같은 학년 김현오가 역시나 졸음에 겨운 얼굴로 따라오고 있었다. 근처 9사단 백마부대 군인들도 여느 때와 다름없는 일정을 소화하고 있었고, 우기영의 아빠인 일산횟집 우정석 사장은 뜰채로 수족관을 휘저으며 간밤에 폐사한 우럭을 건져 내고 있었다. 지극히 평범한 월요일 아침이었다.

하지만 그날, 고양시 상공에는 알파켄타우리 항성계에서 온 트룹인들의 우주선이 낮게 떠 있었다. 물론 인간의 눈이나 군의 레이더망에 포착될 만큼 허술하게 설계된 우주선이 아니었다. 오늘따라 눈이 침침하다, 귓속이 울린다, 머리가 무겁다 등 신체 이상 반응을 호소하는 시민들이 더러 있었지만, 다들 월요일 아침이어서 그러려니 하고 말았다. 외계 우주선이 '대한민국 중딩들'을 납치하려는 명백한 목적을 가지고 하늘에 떠 있다고, 누가 상상이나 했겠는가.

여기서 이의를 제기하는 독자들도 있을 것이다. 전통적인 외계 침공 지역인 뉴욕, 신흥 거점 도시인 북경이나 두바이, 지정학적으로 지구 출입이 용이한 적도 부근 국가들을 다 놔두고 왜 대한민국이냐고, 또 하고많은 사람들 중에서 하필 중학생이냐고, 이거 너무 생뚱맞고 오글거리는 설정 아니냐고 말이다. 하지만 트룹인들 입장에선 '대한민국 중딩들'을 납치해야 하는 분명한 이유가 있었다.

그 이유를 밝히려면 약 6개월 전 미국 워싱턴 DC에서 있었던 사건부터 짚고 넘어가야 한다. 트룹인들은 수년 전부터 미국 워싱턴 DC에 비밀 사무소를 차려 놓았다. 행성 지구를 새로운 관광특구로 개발하기에 앞서, 외계관광부 소속 공무원들이 현지답사를 나온 것이다. 지구인으로 변장한 트룹행성 공무원들은 안일하지만 성실하게 지구의 생태·문화·기술 환경을 조사하고 있었다. 그러던 어느 날, 트룹행성 공무원 하나가

시내 햄버거 가게에서 중요한 정보를 엿듣게 되는데…….

"외계인도 대한민국 중딩들 무서워서 못 쳐들어온다잖아."

"진짜 키우기 힘들지 않아요? 미사일만 안 날아다녔지 하루 하루 전쟁 통이라니까."

문제의 정보를 흘린 이들은 옆 테이블에 앉은 중년 여성들이었다. 예민하고 지적인 인상의 동북아시아계 중년 여성들이 커피와 햄버거를 먹으며 '대한민국 중딩들'에 대한 이야기를 나누고 있었던 것이다.

트룹행성 공무원 입장에선 실로 충격적인 정보가 아닐 수 없었다. 하등 문명인 줄로만 알았던 지구가 외계 침략에 대비한 병기를 갖추고 있다면, 트룹행성의 관광특구 개발 사업에 차질을 빚을지도 모른다. 더구나 〈파이브 가이즈〉라는 이름의 이 햄버거 가게로 말할 것 같으면 지구 최고의 지성체로 분류되는 NASA 직원들과 미국연방대법원 직원들의 단골집이기도 했다. 그건 곧 햄버거 가게에서 오가는 대화들을 허투루 넘겨서는 안 된다는 뜻이었다.

트룹행성 공무원은 손가락에 묻은 케첩을 급히 빨아 먹은 뒤 필기구를 꺼냈다. 그리고는 옆 테이블에서 오가는 대화 내용 중에 '대한민국 중딩들'과 관련된 사항들을 부지런히 받아 적었다.

고양시, 밤에는 자라 해도 안 자고 아침에는 졸고 자빠졌고, 비틀비틀, 방

귀 뀐 놈이 성내고, 교복은 왜 줄이나 몰라……

   웬만한 지구 언어를 다 습득한 공무원으로서도 이해하기 힘든 표현들이 가득했다.

   사실 옆 테이블 여성들은 대한민국 경기도 고양시에서 온 관광객들이었다. 같은 교회 소속 학부모들이 '청소년 자녀와 함께하는 미국 동부 명문대 및 주요 시설 탐방' 패키지 관광을 온 것이었다. 그날은 워싱턴 DC의 스미소니언 항공우주박물관과 백악관 주변을 둘러보기로 한 날인데, 학부모 몇이 피로를 호소하며 햄버거 가게에 잔류한 것이다.

   공무원은 햄버거 가게에서 수집한 정보를 트룹행성에 보고했다. 트룹행성도 이 사안의 중대성을 인식하고 답을 보내왔다. 정보의 진위를 확인하기 위해 '대한민국 중딩들'을 밀착 감시, 관찰하라는 것이었다. 2018년 10월의 어느 날, 대한민국 고양시 상공에 트룹인의 우주선이 떠 있었던 이유는 그 때문이었다.

   2.

   고양시 지상으로 내려온 트룹행성 공무원은 하나였다. 그는 트룹행성 과학기술부 산하 외계생물 연구부 소속이었다. 연구 절차는 무척 간단했다. 조건에 부합하는 샘플군을 확보하여 추적, 관찰하고 필요한 경우 포획하여 우주선의 연구실로 옮기면 그만이었다. 문제는 샘플에 대한 정보가 빈약하다는 사실이었다. '대한민국 중딩들'에 대한 보고서는 트룹행성 외계관광부 정보팀, 태양계 전담 부서, 외계관광부 장관, 과학기술부 장관, 외계생물 전담 부서까지 다섯 단계를 거친 뒤에야 이 공무원의 손에 들어온 것이었다. 그 과정에서 정보들이 상당 부분 왜곡, 변형되었지만 공무원으로선 알 길이 없었다. 워싱턴 DC에서 최초의 보고서를 작성했던 공무원과 외계생물 연구부 공무원이 협업을 펼쳤다면 좋았겠지만, 트룹행성은 정부 부처들 사이에 소통이 부실하기로 유명했다. 결국 연구부 공무원은 출처도 모르는 문서 한 장을 달랑 받아 들고 낯선 행성의 도시에 도착한 것이다.

포획 대상 지구의 비밀 병기 '대한민국 중딩들'

서식지 대한민국 고양시

외양적 특징 핏발 선 눈으로 힘없이 걷는다. 유니폼을 입고 다닌다.

정서 및 행동 반응 슬쩍만 건드려도 공격성을 드러낸다. 감정 기복이 심하다. 지독하게 자기중심적이다.

참으로 막막했다. 그나마 지구인 분장이 맘에 든다는 게 위로가 되었다. 우주선에서 지구인의 외양을 선택하는 과정에서 심혈을 기울인 보람이 있었다. 공무원은 우주선 빅데이터 분석기가 추천한 대한민국 호감형 배우들 10여 명의 신체 조건을 합성한 외모였다.

트룹행성 공무원은 영화 〈럭키〉에서 갑자기 기억을 되찾고 어리둥절해진 유해진 배우 같은 얼굴로 거리를 헤매고 다녔다.

그 시각, 낙석중학교 2학년 우기영과 김현오는 학교 앞 사거리에 다다랐다.

"우기영, 우리 뛰어야 할 것 같은데."

현오가 시간을 확인하며 동동거렸다.

"그러니까 먼저 가라고, 시바."

기영이는 길가 벤치에 가방을 툭 던졌다. 현오는 무슨 말을 더 하려다 말고 돌아섰다.

내내 똥 마려운 강아지처럼 굴던 현오가 사라지자 기영이는 그나마 숨통이 트이는 것 같았다. 기영이는 아예 벤치에 드러누웠다. 뛰어 봤자 어차피 지각이었다. 미세먼지로 하늘도 텁텁한 게, 지구가 망해 버리기 딱 좋은 날 같았다. 어차피 태양이 팽창하면 지구도 망한다는데 그때 망하나 오늘 망하나 무슨 차이란 말인가. 현오 녀석이 먼저 라임이에게 고백을 해 버렸고, 둘은 주말에 같이 홍대에 가기로 약속까지 해 버렸다. 세상이 이리 구질구질한데 수업이 뭔 소용이며 밥은 또 뭐 하러 먹느냔 말이다.

기영이는 눈물이 날 것 같아서 손등으로 눈을 가렸다. 알 수 없는 그림자가 기영이를 덮친 건 그때였다.

"일어나, 일어나. 어린놈이 아침부터 정강이가 부러졌나."

웬 노인이 기영이의 어깨를 툭툭 쳤다. 얼결에 일어나서 벤치 끄트머리로 밀려난 기영이는 짜증스레 뒤통수를 긁적였다. 정말이지 되는 게 아무것도 없는 날이었다.

"학교 안 가냐? 부모가 해 주는 밥 먹고 나왔으면 후딱 가서 공부할 생각을 해야지."

노인은 벤치 끝에 간당간당 걸터앉아 있던 기영이를 기어이 벤치 밖으로 밀어냈다. 그러고는 벤치에 모로 눕는 것이었다.

"아이고오, 삭신이야. 늙으면 죽어야지."

앓는 소리까지 하면서 말이다. 하지만 노인은 맘 편히 누워 있을 수가 없었다. 누군가 가느다란 나무 꼬챙이로 노인의 옆구리를 마구 찔러 댔기 때문이다.

"뭐 하는 짓이야, 이게!"

노인이 역정을 내며 일어나 앉았다. 하지만 상대는 눈 하나 꿈쩍하지 않고 꼬챙이로 노인의 신체 곳곳을 찔러 보고 있었다.

"핏발 선 눈. 유니폼으로 추정되는 빨간 점퍼. 자기중심적인 사고와 가공할 공격성까지. 그대가 지구의 비밀 병기인가?"

그랬다. 꼬챙이를 든 자는 트룹행성 공무원이었다. 공무원은 빨간 점퍼 차림 노인을 대한민국 중딩이라고 확신하고 있었다. 그 시각, 진짜 중학생인 기영이는 제 가방을 주워 들고 주춤주춤 자리를 떴다. 기영이가 끼어들 만한 상황이 아니었다. 아빠도 담임도 늘 그랬다. 어른들 일에 끼어드는 거 아니라고.

사실 김혜수, 송강호, 유해진, 손예진, 차태현, 문근영 등 유명 배우들의 얼굴을 뒤섞은 듯한 인상의 중년 남성이 웬 노인을 꼬챙이로 찔러 대는 사태는 절대 흔한 일이 아니었다. 기영이는 왜 이 아침에 이런 얼토당토않은 일이 벌어지는지 알 것 같았다. 그건 라임이가 현오와 홍대에 가기로 약속을 해 버렸기 때문이다. 라임이는 보드게임 젠가의 밑장을 함부로 건드려 버렸고, 기영이의 세상은 와르르 무너지는 중이었다. 붕괴와 혼돈의 세상에선 오묘한 인상의 아저씨가 꼬챙이를 들고 다녀도 그리 이상할 게 없었다. 그러니 알아서들 하라지…….

기영이는 아직 문을 열지 않은 상가 골목을 따라 뛰었다. 하지만 학교 쪽으로 꺾어지는 모퉁이를 불과 10여 미터 앞두고 멈춰 서야 했다. 아침 공기를 가르고 노인의 비명이 울렸기 때문이다.

"재윤 엄마! 여보!"

차라리 '나 죽네!', '사람 살려!' 같은 전통적인 표현이었다면 기영이도 무시하고 학교로 갔을 것이다. 하지만 노인은 다급한 순간에 아내를 찾았다. 그건 일산횟집 우정석 사장의 언어 습관이기도 했다. 기영이네 아빠는 무슨 일이든 기영이 엄마부터 찾는 버릇이 있었다.

기영이가 가방을 끌어안고 뒤돌아섰을 때 노인은 발을 버둥거리며 어디론가 끌려가는 중이었다. 찻길에는 마을버스들이 지나가고 있었고, 인도에도 자전거를 탄 청년 둘이 지나가고 있었다. 하지만 그들 중 누구도 노인을 눈여겨보지 않았다. 다들 노인을 취객쯤으로 생각하는 듯했다. 다리를 휘청거리며 소리를 질러 대긴 했지만 노인은 분명 혼자 걸어가고 있었던 것이다. 하지만 기영이는 그게 납치 상황이라는 걸 알아보았다. 노인보다 3미터쯤 앞선 곳에서 꼬챙이를 든 아저씨가 걸어가고 있었기 때문이다. 아저씨가 방향을 틀면 곧이어 노인도 방향을 틀었고, 아저씨가 꼬챙이를 든 손을 앞으로 당기는 시늉을 하면 노인의 몸도 앞으로 쏠렸다. 보이지 않는 끈이라도 묶어 둔 것처럼 말이다.

"아이고, 살려 주시오! 우리 손녀딸 대학 가는 거는 보고 죽어야지 싶어서 새벽 등산도 다녀왔는데…… 이게 무슨 일입니까?"

노인은 숫제 흐느끼고 있었다.

"감정 기복이 심하다는 조건까지 들어맞는군. 인간 병기 샘플을 한 방에 사로잡다니, 잘하면 일찌감치 업무 종료하고 지구 유람도 할 수 있겠군."

3.

기영이는 공원 그늘에 가방을 내팽개치고는 허공에 대고 팔을 휘젓기 시작했다. 보이지 않는 끈이 틀림없이 존재했다.

16

허공으로 몸이 솟구친 노인이 적절한 타이밍에 구토를 해 준 덕에, 기영이는 끈이 늘어진 곳을 짐작할 수 있었다. 토사물이 끈에 묻은 것이다. 4미터쯤 치솟은 노인의 발 아래 허공에 토사물 덩어리가 떠 있었다.

토사물 주변을 허우적거리던 기영이는 마침내 끈을 잡아챘다. 눈에 보이진 않지만 손바닥으로 끈의 질감을 가늠할 수 있었다. 가늘고 딱딱한 끈이었다. 기영이는 끈을 잡아끈 다음 근처 메타세쿼이아 줄기에다 칭칭 감았다. 매듭을 꽉 묶느라 끈에 손바닥을 베이고서도 눈앞에 펼쳐진 불가해한 상황 때문에 아픈 줄도 몰랐다.

몸부림치며 허공으로 끌려 올라가던 노인이 갑자기 허리를 곧게 폈다.

"재윤 엄마! 여보!"

노인이 고통스러운 듯 목을 뒤틀었고 메타세쿼이아 나무가 흔들리기 시작했다. 저 위쪽에서 뭔가가 노인을 무서운 힘으로 빨아들이는 모양이었다. 기영이는 한 손으로 메타세쿼이아 나무줄기를 끌어안고서 다른 한 손으로 휴대폰을 꺼내 들었다.

"경찰이죠? 여기 낙석중학교 쪽 공원인데요, 지금 누가 할아버지를 납치하고 있어요. ……네? 범인은 약간 영화배우 손예진 씨를 닮은 아저씬데, 아무튼 할아버지가 공중으로 끌려 올라가고 있어요. ……네? 진짜예요! 할아버지가 허공에 떠 있다니까요. ……네?"

경찰은 신고를 접수해 주지 않았다. 기영이는 휴대폰까지 바닥에 던져 버리고는 두 팔로 메타세쿼이아 줄기를 꽉 안았다. 그 순간 트룹행성 공무원이 다시 모습을 드러냈다.

"왜 내 일을 방해하는 것이오?"

"시발, 이건 누가 봐도 납치잖아요."

"당신과 상관없는 일이잖소. 더구나 저 인간이 아까 벤치에서 그쪽을 공격하지 않았습니까? 내가 분명히 봤습니다. 그러니 내가 저 인간을 없애면 당신에게도 좋은 거 아닙니까?"

"공격은 무슨! 저 할아버지가 언제 날 공격했다 그래요? 그냥 좀 매너 없고 불친절한 거죠. 그리고 세상에 그런 사람이 어디 한둘이에요?"

"그럼 저런 인간이 지구에 쌔고 쌨단 말입니까? 당신 같은 어린애가 다 알 정도로? 지구가 이미 대한민국 중딩들을 다량 보유하고 있다면…… 이거 정말 일이 커지는데."

"중딩요?"

"그래요, 외계 침략에 대비해서 지구 측에서 개발했다는 비밀 병기 말입니다."

말이 끝나기 무섭게 공무원은 코털 가위처럼 생긴 도구를 꺼내 기영이가 묶어 둔 끈을 끊어 버렸다. 노인은 순식간에 하늘 어딘가로 증발하고 말았다.

기영이는 털썩 주저앉아 숨을 몰아쉬었다. 상대는 뼛속까지 미친놈이었다. 게다가 사람을 공중으로 날려 버리는 초능력까지 갖고 있었다.

"그렇게 놀란 얼굴 하지 말아요. 그쪽을 해칠 생각은 없으니까. 어차피 날 만난 기억은 다 지워질 겁니다. 난 그저 지구가 우리 트룹인들을 위한 안전한 관광특구가 되길 바랄 뿐입니다."

공무원은 허리를 숙여 기영이를 내려다보았다. 그는 반쯤 얼이 빠진 아이를 못 본 척할 만큼 냉혈한이 아니었다. 공무원은 트룹행성에서 '어린이 청소년 인권연대' 소속 자원봉사자로 활약하기도 했다. 공무원은 어떻게든 기영이를 안심시키고 싶었다. 그래서 아직 익숙해지지 않은 지구인의 안면 근육을 움직여 최대한 사람 좋은 미소를 지어 보였다. 하지만 기영이는 더 자지러지며 앉은 채로 뒷걸음질했다. 배우 문근영의 눈동자에 손예진의 웃는 눈, 송강호의 턱선과 유해진의 입매가 더해진 얼굴도 그 자체로 기이했지만, 문제는 온몸의 윤곽이 선명하지 않다는 점이었다. 조악하게 카피해다 붙인 영상물처럼 몸의 경계면이 흐릿했던 것이다. 결국 기영이는 그대로 까무러치고 말았다.

기영이가 공무원의 우주선에서 씩씩 자고 있는 사이, 공원 풀밭에 떨어져 있는 기영이 휴대폰에 담임의 문자가 도착했다.

우기영, 너 어디야? 현오한테 얘기 들었다. 첫사랑이 어퍼컷을 날렸다면서. 기영아, 샘이 장담하건대 세상은 넓고 여자는 많아. 그러니까 늦기 전에 학교 와라. 참고로 오늘 급식 탕수육과 롤케이크다. 급식 전에만 오면 부모님한테는 얘기 안 하마.

　기영이의 휴대폰은 계속 풀밭에 떨어져 있어야 했고, 기영이는 담임의 문자를 읽지 말았어야 했다. 하지만 공무원은 다정도 병인 외계인이었다. 기절한 기영이를 우주선으로 옮긴 뒤, 다시 공원으로 돌아와 기영이의 소지품을 야무지게 챙겨서 기영이 머리맡에 갖다 둔 것이다.
　두어 시간 뒤 잠에서 깨어난 기영이는 낯선 우주선과 담임의 문자라는 이중 쇼크에 다시 몸져눕고 말았다. 공무원이 머리맡에서 조곤조곤 사건의 경위를 설명한 덕에 기영이는 차츰 이 일의 본질을 이해하게 되었다. 이건 외계인이 주도한 지구인 납치 사건이었다. 그리고 담임의 문자는…… 기영이만 빼고 학교의 모든 것이 정상적으로 돌아가고 있다는 뜻이며, 라임이를 짝사랑한 일이 동네방네 퍼져 나갔다는 뜻이었다. 담임은 말도 못 하게 입이 쌌다. 작년에 담임을 맡았던 반 학생들에게서 '오십 원짜리'라는 별명으로 불리던 그는, 기영이네 반을 맡으면서 '떨이'라는 새 별명을 얻은 터였다. 현오, 라임이, 기영이의 관계가 담임의 귀에 들어간 이상 오늘 안으로 낙석중학교 전체가 그 일을 알게 될 것이며, 내일쯤엔 고양시 전체에 소문이 퍼질지도 모른다.
　"현오 개새끼, 그걸 담임한테 말했어!"

20

욕으로 해결될 문제가 아니었다. 첫사랑의 아픔은 감당하기 버거운 쪽팔림으로 바뀌었고, 기영이는 그만 지구에 정나미가 뚝 떨어지고 말았다.

"돌아가고 싶지 않아요. 절 트룹행성으로 데려다주세요."

기영이는 금속 재질 침대에 엎드린 채 버둥거렸다.

4.

"진짜라니까요. 아저씨가 말한 중딩, 그게 나라고 몇 번을 말해요, 시바!"

기영이는 제 가슴팍을 팡팡 치며 몸부림쳤다.

한편 실험실 침대에 묶여 있는 노인도 정신이 돌아왔는지 소리를 질러 댔다.

"거봐요, 내 말이 맞잖소. 중딩은 내가 아니라 그놈이오. 그러니 날 풀어 주시오, 외계인 양반!"

공무원은 주먹으로 턱을 괸 채 생각에 잠겼다. 노인과 기영이 사이에서 누가 진짜 대한민국 중딩인지 고민하는 건 아니었다. 노인은 대한민국 중딩이 아닐지도 몰랐다. 트룹행성에서 건네받은 자료와 관찰 결과가 완벽하게 일치하긴 해도 애초에 자료 자체가 부실했다. 하지만 저 어린애는 절대 대한민국 중딩일 리가 없었다. '지독하게 자기중심적'이라는 정서적 특징에 들어맞지 않았기 때문이다. 만약 저 어린애가 '중딩'이라면 저 노인 대신 자신을 트룹행성으로 데려가라는 말 같은 건 하지 않았을 것이다. 바로 그 지점에서 공무원은 어린애에게 흥미를 느끼기 시작했다. 저 펄떡거리는 어린 지구인에게 존재 대 존재로('인간 대 인간'과 같은 의미) 다가가고 싶었다.

"나를 '좌츠'라 부르시오."

공무원은 지구인의 정중한 인사법에 따라 기영이에게 손을 내밀었다. 하지만 기영이는 악수를 할 맘이 없는지 얼굴을 일그러뜨렸다. 공무원은 자신의 이름이 생뚱맞게 들릴지도 모르겠다는 생각에 친절하게 설명까지 곁들였다.

"본명은 '좌츠쯔차쯔'로 시작하는, 파찰음 백여 개를 이어붙인 형태여서 지구인이 발음하기 쉽지 않을 거요. 그러니 그냥 좌츠라 부르시오. 나는 트룹행성의 공무원이오."

하지만 기영이는 끝내 공무원의 손을 잡지 않았다. 외려 제 머리를 쥐어뜯다가 우주선 벽면을 마구 걷어찼다. '나를 좌츠라 부르시오'라는 공무원의 말이 기영이 안의 어두운 기억을 건드린 것이다.

낙석중학교에는 전설의 K 선배가 있었다. 3학년인 K 선배는 180센티미터가 넘는 키에, 얼굴은 박보검, 몸은 망치만 안 들었지 토르 수준의 근육질이었고, 덩크슛을 밥 먹듯이 하고, 공부는 딱 한 번 맹장이 터져서 전교 2등으로 떨어진 걸 제외하면 전교 1등 붙박이였다. 또 여학생들의 증언에 따르면 K 선배가 가지런한 치열을 드러내며 웃을 때면 저절로 오르골 BGM이 깔린다고 했다. 그의 웃는 눈을 마주한 여자애들은 이유 없는 청량감에 들떠서 알칼리성 이온 음료를 사 들고 뛰어다녔다.

그는 마치 소녀들의 첫사랑이 되기 위해 태어난 사람 같았으며, 실제로 낙석중학교의 많은 여학생들이 K 선배를 사랑했다. 그게 문제였다. K가 소녀들의 눈길을 앗아가 버린 탓에 낙석중 남학생들은 인생이 어둑어둑하게 돌아가고 있었다.

'그래 봤자, 걔는 K 선배 좋아할걸?'

그 음산한 절망이 뱀처럼 소년들의 종아리 사이를 휘젓고 다녔던 것이다.

기영이와 현오도 마찬가지였다. 둘은 누굴 좋아해 보기도 전에 체념을 먼저 배운 상태였다.

그러던 어느 봄날, 텁텁한 미세먼지를 뚫고 봄볕이 반짝이던 그날에…… 라임이가 기영이네 반에 전학을 온 것이다. 라임이의 등장으로 낙석중 남자아이들이 갇혀 있던 어둠의 골짜기에 볕이 들기 시작했다. 그 애는 소년들의 첫사랑이 되기 위해 태어난 아이였던 것이다. 열린 창문으로 날아든 나비는 꼭 라임이의 교과서에 내려앉았고, 라임이는 너무나 능숙한 손길로 나비를 창밖으로 날려 보냈다.

그날 기영이는 옆에 앉은 현오의 교과서에다 자기 맘을 적어 놓았다.

엘프다, 시바.

하지만 못돼 먹은 절망의 뱀이 소년들의 종아리를 마구 깨물고 다녔다.

'그래 봤자, 라임이도 K 선배 좋아할걸?'

낙석중 남자아이들은 긴장 가득한 눈길로 라임이와 K 선배를 예의 주시했다. 라임이가 전학 온 지 일주일쯤 지났을 때 도서실에서 K 선배와 라임이가 마주쳤다.

"안녕. 너 영국에서 살다 왔다면서? 영자신문부 들어올래? 마침 내일이 영자신문부 오디션이야. 물론 나도 심사위원으로 참여해."

K 선배가 라임이의 이마에 코가 닿을락 말락 한, 아슬아슬한 각도로 말했다.

하지만 라임이는 K 선배의 코에 대고 책을 탁! 덮었다.

"재미있는 책을 찾았어요. 보다시피 두툼한 책이라 당분간은 이 책에 집중하고 싶어요."

K 선배의 신화에 금을 내고, 낙석중을 굼실거리고 다니던 절망의 뱀을 밟아 죽인 그 책은 허먼 멜빌의 『모비 딕』이었다. 읽지도 않을 책들을 만지작거리며 라임이를 따라 도서실을 배회하던 기영이와 현오는 그 장면을 눈앞에서 목격했다.

그날 밤 기영이와 현오는 태어나서 처음으로 인터넷서점에서 책을 주문했다. 『모비 딕』이 라임이와 자신들의 연결 고리가 돼 주리라는 확신이 들었기 때문이다. 익일배송으로 받아

본 그 책의 첫 문장은 이랬다.

나를 이스마엘이라 부르시오.

그리고 전설에 따르면 허먼 멜빌은 『모비 딕』의 첫 문장에 저주를 걸어 놓았다 한다. 저주란 바로 『모비 딕』의 첫 문장을 읽자마자 곯아떨어지는 것이다. 기영이 역시 저주를 피해 가지 못했고, 날마다 첫 문장을 읽다가 잠이 들었다. 마침 『모비 딕』은 베고 자기 딱 좋은 두께이기도 했다. 결국 계절이 두 번이나 바뀌도록 기영이는 『모비 딕』의 첫 문장을 읽고 잠들고 읽고 잠들길 반복했다. 현오의 사정도 그리 다르지 않았다.

하지만 엊그제 현오 녀석이 편법을 썼다. 인터넷에 떠도는 『모비 딕』 독후감을 읽고는 『모비 딕』을 완독한 것처럼 라임이에게 말을 건 것이다. 그 결과 둘은 일요일에 따로 만날 약속까지 잡았다. 이제 둘이 커플이 되는 건 시간문제였다.

사정이 이렇다 보니 '나를 촤츠라 부르시오.'라는 공무원의 말은 안 하느니만 못한 인사였다. 기영이의 상처를 들쑤시다 못해 소금물을 뿌려 대는 꼴이었으니까.

기영이는 『모비 딕』의 첫 문장을 곱씹으며 우주선 벽을 걷어차고 욕을 하고 침을 뱉었다. 그래도 분이 안 풀리는지 이마로 벽을 쿵쿵 들이받더니 울어 버리는 것이었다.

5.

눈물 콧물을 쏟는 와중에도 기영이는 자신이 대한민국 중딩임을 차근차근 증명해 나갔다. 학생증도 보여 주었고, 초딩, 중딩, 고딩이라는 진부한 어휘에 대해서도 설명했다. 지구에 털끝만 한 미련도 없는 상태라 공무원 촤츠가 대한민국 중딩을 찾는 이유 따위는 깊이 생각해 보지도 않았다. 게다가 공무원 촤츠가 자기 얘기를 귀담아듣자, 이 아저씨라면 아니 이 외계인이라면 믿을 수 있겠다는 생각이 들었던 것이다.

범우주적 가출을 맘먹고 나자 기영이도 자기소개 정도는 해야 할 것 같았다.

"날 기영이라 부르시든가요. 낙석중학교 2학년이고요. 지금 당장 트롭행성으로 출발해도 상관없어요. 대한민국 중딩이 지구의 무슨 비밀 병기라고 그랬죠? 그거 다 어른들이 지어낸 말이에요. 언제는 대한민국의 미래라고 했다가, 언제는 무슨 최종 병기라고 했다가. 아, 그리고 제가 대한민국 중딩이라는 더 확실한 증거가 필요하면 여기 보세요."

기영이는 휴대폰 검색창에 '대한민국 중딩'을 입력한 뒤 촤츠에게 건네주었다.

한편 공무원 촤츠는 뜻밖의 상황 전개에 어리둥절한 상태였다.

대한민국 중딩. 중딩은 중학생을 폄하하여 이르는 말. 평균 14세에서

16세까지의 청소년. 연관 검색어 중2병, 지랄총량의 법칙…….

　검색창이 물어다 주는 정보들은 끝이 없었다. 그중에는 중학생의 정서를 잘 담아냈다는 평을 받는 시도 있었다.

　어둠의 다크에서 죽음의 데스를 느끼며 / 서쪽의 웨스트에서 불어오는 바람의 윈드를 맞았다 / 그것은 운명의 데스티니……*

　촤츠는 긴장감을 가지고 시를 끝까지 읽어 보았다. 작품 전반에 흐르는 허세와 동어반복에서 고매한 집념이 느껴지긴 했다. 하지만 외계 침략에 맞선 결의라거나, 전쟁에 대비한 병법 같은 건 없었다. 결국 촤츠는 기영이에게 휴대폰을 돌려준 뒤 혼자 정보 전송실에 들어갔다.
　'대한민국 중딩'은 외계 침략을 대비한 비밀 병기가 아니라 그냥 아이들 같았다. 트룹행성에도 있고, 촤츠네 외가 별장이 있는 프나우행성에도 있는 청소년들 말이다. 하지만 섣부른 판단은 금물이었다. 만에 하나 트룹행성과 지구가 전쟁을 벌인다면 저기 연구실에 묶여 있는 노인보다는 기영이가 훨씬 까다로운 상대일 것이다. 좀체 파악되지 않는 상대, 예측 불허의 행동 패턴을 지닌 적만큼 위험한 존재도 없으니까.

* 인터넷상에서 떠도는 시로, 중2병 증상을 설명할 때 종종 인용된다.

촤츠는 '대한민국 중딩'에 관한 최초의 보고서를 작성한 외계관광부 소속 공무원에게 연락을 취했다. 하지만 공무원의 휴대폰은 꺼져 있었다. 지구에 파견된 트룹행성 공무원들은 시차와 상관없이 항시 휴대폰을 켜 두기로 돼 있는데도 말이다. 하는 수 없이 촤츠는 워싱턴 DC의 외계관광부 비밀 사무소에 연락했다. 전화를 받은 건 사무소의 말단 직원이었다.

　 "아, 츠쯔차 부장님 말이시군요. 부장님은 지금 로도피산맥에 가 계시는데요."

　 "로도피산맥에요?"

　 "네. 불가리아와 그리스 국경 근처의 산맥인데, 거기서 트룹인의 두개골로 추정되는 뼈가 발견되었대요. 두상도 하트 모양인 데다 구멍 수도 여섯 개로, 생긴 꼴은 트룹인의 두개골과 비슷한데……."

　 말단 공무원은 한숨을 폭 내쉬고는 말을 이었다.

　 "DNA 분석 결과 그 뼈는 지구 생물인 들소의 대가리 뼈였어요. 부장님은 그 사실을 받아들이지 못하고, 자기가 직접 현장을 둘러보겠다며 로도피산맥으로 간 거예요."

　 "아니, 왜요?"

　 "외계 행성 파견 근무가 지긋지긋하다면서, 큰 공로를 세우고 초고속 승진을 해서 트룹행성으로 돌아갈 거래요. 사실 부장님은 벌써 트룹행성에 올릴 보고서까지 작성해 놨어요. '선조들의 잃어버린 세계, 지구!' 이런 제목으로요. 어떻게든 들

28

소 대가리 뼈를 트룹인의 두개골로 끼워 맞추려는 거예요. 촤츠 씨가 우리 부장님 좀 말려 주세요."

전화를 끊은 촤츠는 실소했다.

결국 '대한민국 중딩'에 관한 최초 보고서를 작성한 이는 외계 근무 공무원 특유의 한탕주의에 빠진 자였다. 자료의 신빙성을 검증하기보다는 자극적인 문구의 보고서를 올리기에 급급했던 것이다. 하지만 시작이야 어쨌건, 촤츠에겐 대한민국 중딩을 연구, 관찰, 기록, 보고할 의무가 있었다.

촤츠는 복잡한 마음으로 보고서 작성 모듈을 실행시켰다.

〈대한민국 중딩에 관한 보고서〉

…….

대한민국 중학생에 대해서 이렇다 저렇다 떠도는 말들은 많았다. 하지만 촤츠는 보고서에 쓸 말이 없었다. 대한민국에서 회자되는 정보량은 상당했지만 외계생물 연구부의 공무원으로서 촤츠가 취할 만한 정보가 없었던 것이다.

결국 촤츠는 한 시간 만에 정보 전송실에서 나와 기영이가 있는 연구실로 돌아갔다.

기영이는 먼 길을 떠날 채비라도 하는 것처럼 신발 끈을 고쳐 묶고 있었다.

"이젠 내 말 믿죠, 아저씨? 그럼 저 할아버지부터 풀어 주세요. 저 할아버지를 달고 우주여행을 하고 싶진 않거든요."

촤츠는 노인을 낙석중학교 근처 사거리 벤치로 데려갔다.

얼마 뒤 노인은 벤치에서 눈을 떴다. 아침에 웬 중학생 하나를 쫓아내고 벤치에 누웠던 것까진 기억이 나는데, 그 뒤로 내처 자 버린 모양이었다. 요란한 하품을 하던 노인은 세상이 예전과 조금 달라진 듯한 느낌을 받았다. 거리를 지나가는 사람들이 하나같이 덩치가 컸던 것이다. 유모차를 밀고 가는 아기 엄마도, 까만 가방을 들고 버스를 기다리는 중년 여자도 죄다 거대 석상 같았다. 그건 촤츠가 노인의 뇌에서 납치와 관련된 기억을 지우는 과정에서 발생한 부작용이었다. 시각적 인지 구조에 약간의 손상을 입은 노인은 사람들을 실제 크기보다 1.5배 크게 인식하게 된 것이다.

노인이 한참이나 눈을 꿈쩍거리고 있는데, 웬 중학생 하나가 벤치로 와서 앉았다. 다리를 달달 떠는 것도 꼴사납고, 학교에 있어야 할 시간에 길바닥에 있는 것도 탐탁지 않으나 노인은 평소처럼 혀를 차지 않았다. 중학생의 덩치가 웬만한 장정만 했기 때문이다.

벤치에서 먼저 일어선 건 노인이었다. 그는 만만한 존재들이 자취를 감춘 세상으로 휘적휘적 걸어갔다.

한편 고양시 상공의 우주선에선 기영이가 제 몸을 벨트로 칭칭 감고 있었다.

6.

"얼릴 거면 얼리세요. 영화에서 보니까 장기간 우주여행 할 때 사람을 냉동 상태로 만들던데."

"기영 군, 이러면 곤란합니다. 지구에서 트룹행성까지는 기영 군의 인체가 감당할 수 있는 여행이 아니에요."

"어차피 대한민국 중딩을 잡아갈 예정이었잖아요. 그럼 생각해 둔 수송 방법도 있을 거 아니에요?"

"그게…… 산 채로 데려간다는 뜻은 아니었습니다."

촤츠는 기영이가 또 충격을 받을까 봐 최대한 훈훈한 미소를 지어 보였다.

"그…… 그럼…… 해부?"

기영이는 침대에 묶인 채 퍼덕거리기 시작했다.

"살려 주세요. 저한테 왜 이러세요? 사람 살려!"

"침대에 눕고 몸을 묶은 건 기영 군이 스스로 한 일입니다. 지구의 비밀 병기도 아닌데 기영 군을 해쳐서 뭐 합니까? 트룹행성은 범항성계 민간인보호조약에 가입한 행성입니다."

촤츠는 기영이를 침대에서 풀어 주었다.

"그게 뭔데요?"

"지구로 치면 제네바조약쯤 되겠네요. 아무튼 민간인은 해치지 않는다, 그 말입니다. 하지만 나는 외계생물 연구부 공무원으로서 대한민국 중딩에 대한 보고서를 작성할 의무가 있어요. 그래서 말인데 기영 군이 좀 협조해 주셨으면 좋겠습니다. 기영 군의 지난 기억들을 스캔하도록 허락해 주십시오."

"그럼 아저씨도 제 부탁 하나만 들어주세요. 트룹행성 가는 길에 살 만한 행성 있으면 저 좀 내려 주세요. 저는 이제 지구에서는 살 수가 없어요. 쪽팔려서, 시바."

"그건…… 기억 스캔 후 의논하도록 하죠."

그리하여 기영이는 엄마가 산낙지 씻을 때 쓰는 스테인리스 양푼 비슷한 걸 머리에 쓰고서, 원통형 기계로 빨려 들어갔다.

스캔 작업은 90분 가까이 진행되었다. 기영이의 기억들은 지구인에 대해 알려진 사실들과 그리 다를 게 없었다. 여덟 살에 마지막으로 침대에 오줌을 쌌고, 평균적인 식습관을 가졌으며, 요즘 즐겨 먹는 간식은 매운 볶음면이었다. 그리고 좋아하는 여자아이가 있었는데 『모비 딕』이란 책과 씨름을 하는 사이 친구에게 선수를 빼앗기고 말았다. 그 사실이 주변에 알려진 걸 괴로워하면서도 아직 그 애를 맘에 두고 있었다. 다른 연령대의 지구인이 그렇듯, 또 트룹행성인들이 그렇듯 기영이의 삶 또한 현재 진행형이었다. 중학생이라 해서 간단하게 정리, 요약될 수 있는 게 없었다. 인생이란 본래 몇 줄의 문장 안에 욱여넣어지는 게 아니니까.

결국 최츠는 트룹행성에서 건네받은 문서를 다시 펼쳤다. 의미 없는 보고서를 쓰는 것보다 기존 문서의 오류를 정정하는 게 나을 것 같았다.

포획 대상 지구의 비밀 병기 '대한민국 중딩들' → 평범한 지구인 '대한민국 중학생'

서식지 대한민국 고양시 → 대한민국 전역에 분포.

외양적 특징 핏발 선 눈으로 힘없이 걷는다. 유니폼을 입고 다닌다. → 그날의 컨디션에 따라 다름.

정서 및 행동 반응 슬쩍만 건드려도 공격성을 드러낸다. 감정 기복이 심하다. 지독하게 자기중심적이다. → 개체마다 다름.

결론 '대한민국 중딩'이 지구의 비밀 병기라는 주장은 떠도는 말들 가운데 하나일 뿐이다. 실제로 대한민국에는 중학생을 이 나라의 미래라고 정의하는 사람들도 있다. 하지만 중학생들은 외계 침략을 대비한 병기도 아니고, 나라의 미래도 아니다. 그들은 자기 삶을 살아갈 뿐이며, 그네들의 삶은 언제나 현재형이다. 이 문서를 읽는 당신이 그러하듯.

보고서는 그걸로 끝이었다.

좌츠가 보고서에 마침표를 찍은 때로부터 10분쯤 뒤……

기영이는 학교 앞 사거리 벤치에서 눈을 떴다. 좌츠를 만난 일은 깡그리 까먹은 상태였다. 그리고 기억 조작의 부작용으로 라임이에 대한 기억도 증발해 버렸다.

"벤치에서 잠든 거야? 아, 미친!"

기영이는 가방을 들고 학교로 달려갔다. 담임에게서 첫사랑이 어쩌고 하는, 희한한 문자가 와 있었다.

점심은 구경도 못 했는데 점심시간이 끝나 가고 있었다.

교실로 들어선 기영이는 못 보던 여자애가 앉아 있는 걸 보았다. 느낌상 전학생이었다. 전학생은 허먼 멜빌의 『모비 딕』을 읽고 있었다. 그 어이없는 책에 대해서라면 기영이도 할 말이 있었다. 무슨 오기에서 그랬는지 올봄과 여름에 그 책과 씨름을 했던 것이다.

"그 책 재미있어? 난 첫 문장만 한 백번쯤 읽은 것 같아. '나를 이스마엘이라 부르시오!' 거기까지 읽고 만날 잤거든."

"정말?"

전학생이 동그래진 눈으로 기영이를 올려다보았다.

"나도 그랬는데! 어쩔 수 없이 영화부터 보고 나서 책을 다시 봤다니까."

말을 마친 전학생이 배시시 웃었다. 기영이는 그 웃음에 마음을 빼앗겨 버렸다. 그러자 낙석중학교에만 서식하는 뱀이 스멀스멀 기어와 기영이의 종아리를 건드렸다.

'그래 봤자 전학생은 K 선배를 좋아할 거야!'

하지만 기영이는 발꿈치로 뱀 대가리를 밟아 버렸다.

"그럼 나도 영화부터 찾아봐야겠다."

기영이는 부푼 가슴을 안고 자기 자리로 갔다. 언제 왔는지 현오가 뜨악한 눈길로 기영이를 쳐다보았다.

"뭘 보냐, 새끼야."

기영이는 픽 웃고는 가방 지퍼를 열었다.

트룹행성으로 돌아간 공무원 촤츠는 '대한민국 중딩'에 대한 책을 써 보라는 제안을 받았다.

촤츠는 고민 끝에 제안을 거절했다. 섣불리 기영이를 묘사하려 하다간 워싱턴 DC의 공무원이 저지른 실수를 반복할지도 몰랐다. 기영이가 어떤 선택을 하고 어떤 인생을 살아갈지는 아무도 모르는 일이었다. 대신 촤츠는 여행 적금을 붓기 시작했다. 기회가 된다면 지구에 다시 가 보고 싶어서였다. 그때쯤이면 훌쩍 자라 있을 기영이를 한 번쯤 만나 보고 싶었다. 또 기영이와 라임이의 관계가 어떻게 변했을지도 궁금했다.

이리하여 그날의 납치 사건에 대한 공식적인 기록은 아무것도 남지 않게 되었다. 지구에도 그리고 4.22광년 떨어진 트룹행성에도⋯⋯.

최후의 임설미

1.

운명적인 사건들은 다 전조가 있다.

상습 지각범 차해린이 그날따라 꼭두새벽에 눈이 떠졌다거나, 모처럼 일찍 일어난 김에 학교에 사복 차림으로 등교해야겠다는 과감한 결심을 한다거나…….

– 팀별 가창 수행평가 연습하러 일찍 감.

엄마가 샤워하는 틈을 타 차해린은 공갈 문자를 남겨 놓고 학교로 향했다. 하복 셔츠에 데님 반바지를 받쳐 입고 삼선 슬리퍼를 끌고 한산한 거리를 활보하려니 절로 학생부장의 얼굴이 떠올랐다.

38

학생부장은 희번덕거리는 눈길 한 방으로 스무 명 정도의 복장 상태를 파악하는 능력자였다. 차해린은 학생부장이 사복에 슬리퍼 차림으로 등교하는 학생을 잡으려고 태어난 사람 같았다. 신생아 때부터 팔짱을 끼고 사람들을 훑어보고, 친척 할머니가 봐 준 사주에는 '악덕 학생부장 아니면 빌어먹을 팔자'라고 적혀 있고, 학창 시절 적성검사 결과지에는 '어느 고리타분한 중학교의 학생부장이 딱임', 이렇게 쓰여 있었을지 또 누가 아는가.

　차해린이 학교 정문에 도착한 시간은 아침 7시 25분. 아직 교문은 열려 있지도 않았다. 하지만 바지 차림 중학생에게 접이식 교문 따위는 아무것도 아니었다. 차해린은 가방과 신발 주머니를 먼저 교문 너머로 던지고, 슬리퍼 두 짝을 마저 던진 다음 가뿐하게 교문을 뛰어넘었다. 다시 슬리퍼를 꿰신고 가방을 주섬주섬 주워 드는데…….

　운명처럼 학생부장이 모습을 드러냈다. 정확히 말하면 정문 근처 담장 밑에 쓰러져 있었다. 차해린은 소스라치며 뒷걸음질하다 말고 눈을 깜박거렸다. 다시 보아도 학생부장이 분명했다. 부스스한 웨이브 단발과 정수리 쌍가마 주변의 심각한 원형 탈모. 낙석중학교 1학년 중에 차해린만큼 학생부장의 정수리를 속속들이 아는 사람도 없을 것이다. 복장 불량으로 불려 가서 꾸지람을 들을 때마다 차해린의 눈길은 학생부장의 정수리에 가 있었으니까.

차해린은 주춤주춤 다가가서 발끝으로 학생부장의 옆구리를 건드렸다.

"샘? 샘, 괜찮아요?"

학생부장은 가까스로 꿈틀거리긴 했지만 그다지 괜찮아 보이지 않았다. 그제야 사태의 심각성을 인지한 차해린은 119에 전화를 걸었다. 접수원과 통화를 마칠 즈음 학생부장이 차해린의 발목을 쥐었다.

"차해린⋯⋯."

"샘!"

차해린은 급히 학생부장 곁에 엎드렸다.

"1학년 9반 맞지?"

"네."

"잘됐다. 임설미⋯⋯ 임설미를 지켜 줘."

학생부장은 밑도 끝도 없는 이야기를 내뱉고는 갑자기 숨을 몰아쉬었다.

"샘! 왜 그래요? 어떡하지? 샘!"

암만 해도 심폐소생술이 필요할 것 같았다. 차해린은 응급처치 학습만화에서 본 대로 학생부장을 반듯하게 눕힌 다음 억지로 입을 벌렸다. 인공호흡을 하기 전에 기도에 이물질이 없는지부터 확인해야 했다. 차해린이 손가락으로 학생부장의 입 속을 후비적거리는데 학생부장이 차해린의 손을 밀어냈다.

"난 됐고 임설미⋯⋯ 임설미를⋯⋯."

정신이 오락가락하는 와중에도 학생부장은 임설미의 이름을 반복했다. 그러더니 자기 옆구리를 더듬는 것이었다.

"여기…… 확인 좀……."

"알았어요, 샘."

진회색 재킷을 젖히고 검정색 셔츠를 들추는 내내 차해린은 손이 덜덜 떨렸다. 만에 하나 칼에 찔린 자상 같은 게 있으면 학생부장보다 차해린이 먼저 까무러칠지도 몰랐다. 하지만 옆구리 어디에도 외상의 흔적은 없었다. 40대 후반 여성의 몸이라곤 상상할 수도 없을 만큼 탄탄한 식스팩과 검정 사마귀 두어 개가 눈에 띄었을 뿐.

"아무렇지도 않은데요, 샘."

그러자 학생부장은 소리 없이, 하지만 격렬하게 입술을 달싹거렸다. 아무래도 F로 시작하는 영어 욕 같았다. 그러는 사이 수위 아저씨가 출근했고 멀리 사거리 쪽에서 구급차 소리가 들려왔다.

2.

"야, 차해린! 다 죽어 가는 학생부장을 살린 게 진짜 너냐?"

대각선 맞은편에 앉은 도안빈이 다리를 달달 떨며 물었다. 학교란 참 희한한 곳이었다. 목격자가 없는데도 소문은 퍼져 나간다. 아침에 응급실까지 학생부장을 따라간 건 차해린이 아니라 수위 아저씨였다. 또 구급차가 떠난 뒤 화장실에서 옷을 갈아입고 교실로 들어오기까지 차해린은 그 누구와도 마주친 적 없다. 차해린은 소문의 출처가 궁금했지만 오지랖 대마왕 도안빈과 말을 트는 게 내키지 않아서 관두었다.

"아무튼 다시 봤다, 차해린. 누가 죽건 말건 신경도 안 쓰게 생겨 가지곤 이런 반전이. 그런데 학생부장은 왜 그런 거야?"

"닥치자!"

반장 오시택이 도안빈의 말을 막았다. 오시택은 차해린을 흘끔 보고는 다시 책에다 코를 박았다. 문제집은 아니었고 제법 부피가 있는 소설책이었다. 차해린은 휴대폰을 만지작거리며 곁눈질로 오시택을 보았다. 쉬지 않고 책장을 넘기던 오시택은 갑자기 책의 어느 부분에 밑줄을 긋기 시작했다. 역시 이른 등교는 아무나 하는 게 아니었다. 오시택처럼 아침 시간을 즐길 준비가 된 자들한테나 어울리는 일이다. '괜히 일찍 왔어. 잠이나 더 잘걸.' 속으로 구시렁대는데 임설미가 등장했다. 학생부장이 차해린더러 지켜 주라던 그 아이 말이다.

"안녕…… 안녕…… 안녕."

임설미는 듬성듬성 자리를 채운 친구들과 일일이 눈을 맞추며 인사했다. 그러고는 교실 맨 뒷줄 자기 자리로 갔다. 무릎까지 내려오는 교복 치마에 앞머리도 내리지 않고 질끈 묶은 머리, 초등학생들이 신는 하얀 실내화, 노란색 피카츄 시계……. 차해린은 눈을 질끈 감아 버렸다. 학생부장의 뜻 모를 말 때문에 눈길을 주긴 했지만 임설미는 차해린이 지켜 주고

자시고 할 애가 아니었다. 동심 충만한 애들이 뿜어내는 특유의 에너지 때문에 쳐다보고 있는 것만으로도 힘에 부쳤다. 지구가 아주 망해 버려서 생존 인류가 임설미와 차해린 둘밖에 없다면 또 모를까, 차해린은 평생 가도 임설미에게 말을 붙이고픈 마음이 없었다.

학생부장이 쓰러졌다는 소문이 파다한데도 이렇다 할 반응이 없는 걸 보면, 임설미와 학생부장 사이에 개인적인 연결고리가 있는 것 같지도 않았다. 그런데 왜 학생부장은 들것에 실려 가게 생긴 와중에도 임설미를 언급했을까. 누굴 불러 달라거나 집에 연락을 해 달라거나 하다못해 반려견을 챙겨 달라는 부탁이었으면 차해린도 쉽게 수긍했을 것이다. 하지만 이 맥락 없는 상황에서도 차해린은 자꾸만 임설미에게 눈길이 갔다.

그건 학생부장의 복근이 불러온 파장이었다. 깐깐한 학생부장, 인상 더러운 아줌마, 심각한 탈모증 환자로만 알고 있었던 성은하 선생님의 배에 그토록 섬세하고 치밀한 복근이 있을 줄이야! 이는 학생부장에게 차해린이 모르는 뭔가가 있다는 뜻이었다.

임설미에겐 친구가 없었다. 애들이 삼삼오오 뭉쳐 있는 쉬는 시간이면 그 점이 특히나 도드라졌다. 반에 딱히 친한 애가 없기는 차해린도 마찬가지였다. 하지만 차해린은 맘만 먹으면 주변에 사람을 불러 모을 수 있는 아이였다. 눈에 띄는 외모에 몇 차례 길거리 캐스팅이 되었던 일화까지 더해져, 어딜 가나 호기심의 대상이었다. 하지만 임설미는 완벽한 고립 상태였다. 순진한 눈망울을 뙤록거리며 친구들 주변을 기웃거리는데도 임설미를 끼워 주는 무리가 없었다. 차해린이 임설미에게 느끼는 불편한 에너지를 다른 아이들도 감지한 건지도 모른다. 혹시 학생부장도 그 점을 염려한 걸까?

차해린은 곰곰 생각 끝에 고개를 저었다. 1학년 9반에만 해도 임설미만큼 상황이 좋지 않은 애들이 여럿 있었다. 이를테면 친구들 관심 좀 끌어 보겠다고 교복 바지 위에 체육복 반바지를 입고 돌아다니는 강정민, 분노 조절에 어려움이 있어서 수시로 욕을 하고 교실을 뛰쳐나가는 최윤아 같은 애들 말이다.

임설미는 점심도 혼자 먹었다. 반 친구들과 같은 테이블에 앉아 있어도 혼자 겉돌았다. 하지만 임설미가 잔반통에 남은 음식을 정리하고 있을 때 누군가 임설미에게 다가갔다. 반장 오시택이었다. 오시택이 뭐라고 귀엣말을 하자 임설미의 표정이 단박에 심각해졌다. 그러더니 반장 손에 끌리다시피 급식실을 빠져나가는 것이었다. 왜 저러지? 차해린도 급하게 식판을 정리하고 따라 나갔다.

오시택이 임설미를 데려간 곳은 인적 뜸한 5층 양치실이었다. 차해린은 복도 모퉁이에 몸을 숨긴 채 귀를 기울였다. 오시택이 실내화가 어쩌고 하는 것 같은데 아래층에서 올라오는 와자한 소음 때문에 정확한 내용은 파악하기 어려웠다. 하지만 그 소음을 뚫고 수상쩍은 소리가 들려왔다. 누군가 손바닥으로 바닥을 찰싹찰싹 때리는 소리였다. 뭐지? 차해린은 입을 헹구러 온 것처럼 양치대로 갔다.

희한한 광경이 차해린의 눈앞에 펼쳐졌다. 무릎을 꿇은 오시택이 임설미의 실내화를 만지작거리며 한숨을 푹푹 내쉬었고, 임설미는 도대체 영문을 모르겠다는 얼굴로 오시택을 내려다보고 있었다.

차해린의 등장에도 오시택은 당황하는 기색이 없었다.

"내 말 잘 생각해 봐, 임설미. 그리고 우리가 나눈 대화는……비밀로 해 줘."

오시택은 임설미와 차해린을 번갈아 보고는 자리를 떠났다.

차해린은 혼란스러웠다. 남의 일에 신경 끄기. 그건 차해린이 운동화 끈을 스스로 묶기 시작할 무렵부터 가슴에 새기고 살던 인생의 비기였다. 회사 동료, 먼 친척, 학창 시절 동기들과의 끈끈한 유대 속에서 온갖 사기는 다 당하는 엄마를 보면서 본능적으로 깨달은 바다. 저리 살면 망하는구나! 하지만 어쩌다 보니 차해린이 남의 일에 끼어들고 있었다. 게다가 드라마에 빠진 사람처럼 다음 이야기가 궁금해지기 시작했다. 결국 차해린은 어릴 적 신념을 팽개치고 임설미의 팔을 붙잡았다.

"오시택이 뭐래?"

"너도 들었잖아. 오시택이 비밀로 해 달라고 부탁하는 거."

임설미는 입에 지퍼 채우는 시늉을 해 보였다.

"그래도 이거 하나는 말해 줄게."

임설미가 사뭇 진지한 표정으로 귀엣말을 했다.

"오시택이 '우리가 나눈 대화'를 비밀로 해 달라 그랬잖아. 그런데 사실은…… 오시택 혼자 떠들다 간 거야."

3.

5교시 한문 시간, 아이들의 의식이 가물가물해지고 있었다. 한강 하구 물소리 같은 한문 선생님의 목소리에 5월의 봄볕이 더해져, 아이들이 하나둘 쓰러져 갔다. 맨 뒷줄 창가에 앉은 임설미는 렘수면에 빠져들었는지, 꼭 감은 눈꺼풀 아래로 눈알이 분주히 떨리고 있었다. 그 와중에 낯선 눈빛 두 개가 소리 없는 전쟁을 벌이고 있었다.

수시로 임설미를 살피는 오시택의 눈길과 그런 오시택을 관찰하는 차해린의 눈빛. 차해린의 자리가 임설미와 오시택의 중간쯤이어서, 오시택이 고개를 돌릴 때마다 둘의 눈빛이 충돌했다.

차해린, 너 왜 자꾸 사람을 쳐다보냐?

그러는 넌 뭔데 사람을 꼬나봐?

입꼬리를 실룩이며 무언의 대화가 오갔다.

차해린은 오시택의 반전이 놀라울 따름이었다. 불과 오늘 아침만 해도 오시택은 예의 바르고, 침착하고, 책을 좋아하고, 답답하지만 친절한 캐릭터였다. 인류사에 교육기관이 등장한 이래 어느 시대 어느 학교에나 있어 왔던 모범생 말이다. 하지만 5교시의 오시택에게선 낯선 살기가 느껴졌다.

차해린은 학생부장의 말을 되짚어 보았다. 임설미를 지켜 줘……. 지금까지 차해린은 그 말을 임설미가 잘 지내도록 도와줘, 정도로 알아들었다. 그러나 종일 관찰한 결과 임설미는 나름의 방식으로 잘 지내고 있었다. 선생님들이 나눠 주는 학습지도 착착 풀어서 제출하고, 밥도 잘 먹었다. 또 친구들의 대화에 불쑥불쑥 끼어들며 기죽지 않는 존재감을 과시하기도 했다. 그렇다면 임설미를 지켜 주라는 학생부장의 말은 다른 뜻이었을 것이다. 임설미를 지켜라. 어떤 위험으로부터 혹은 누군가로부터…….

또 학생부장은 차해린에게 1학년 9반이냐고 묻기도 했다. 그 말은 곧 임설미가 처한 위험이 학교와 관계있다는 뜻이다. 더 구체적으로는 1학년 9반에서 모종의 꿍꿍이가 벌어지고 있다는 뜻일 것이다. 그리고 이런 추측을 증명하듯 임설미 주변에는 수상쩍은 행보를 보이는 자가 있었다.

"오시택……."

모든 가능성이 오시택을 가리키고 있었다.

임설미만 입을 열면, 아까 양치실에서 오시택이 무슨 말을 했는지만 알아내면 일은 간단히 풀릴 것이다. 하지만 임설미는 입을 다물었다. 주먹 안에 든 구슬을 절대 보여 주지 않기로 작정한 어린애처럼 말이다. 차해린은 임설미의 주먹을 억지로 벌릴 생각은 없었다. 대신 임설미에게 구슬을 쥐여 준 놈을 파헤칠 작정이었다. 다행히 차해린에겐 실내화라는 단서가 있었다. 오시택이 무릎까지 꿇고서 만지작거리던 임설미의 하얀 실내화…….

종례 시간을 앞두고 학생부장의 소식이 전해졌다. 응급실에서 치료를 받고 점심때쯤 중환자실로 병실을 옮겼다는 것이다. 하지만 어디가 아픈 건지, 어쩌다가 그 이른 시각에 학교에 쓰러져 있었는지는 알려지지 않았다. 당분간 학생부장의 업무는 2학년 체육 선생님이 대신 한다 했다. 게임 중독자라는 소문이 있는 체육 선생님은 애들이 뭘 입고 등교하건 관심이 없다 했다. 그러나 예의범절을 중요시하는 편이어서 단체 게임방에서건 학교 정문에서건 인사성이 없는 자들은 일일이 붙잡아서 혼을 낸다 했다.

풀메이크업을 하고 등교하겠다는 둥 불편한 교복 셔츠 대신 후드티를 입겠다는 둥 아이들은 돌연 도래한 자유의 시대에 들떠 있었다. 처음에는 중환자실에 누워 있는 학생부장 생각에 다들 조심스러워하는 분위기였다. 하지만 도안빈이 아디다스 반팔 후드티 얘기를 꺼내면서 교실이 들썩이기 시작했다. 그 와중에도 오시택은 책을 읽고 있었다. 아침에 읽던 소설책이었다.

일찌감치 가방을 책상에 올려놓고 담임을 기다리던 차해린은 오시택에게서 수상한 점을 발견했다. 녀석이 아까부터 계속 같은 페이지만 읽고 있었던 것이다. 줄까지 박박 그어 가면서 말이다. 얼마나 밑줄을 그어 댔던지 책장이 나달나달했고, 책장 가장자리에는 정체 모를 낙서들이 있었다.

종례가 끝난 뒤 차해린은 인간 흥신소, 인간 구글이라 불리는 도안빈에게서 책에 관한 정보를 얻어 냈다.

"『나는 전설이다』 221쪽. 정상이란 다수의 개념, 어쩌고 하는 문장이야. 하도 자주 봐서 내가 페이지까지 외우고 있잖아. 반장이 몇 주 전부터 그 문장에 엄청 집착하더라고. 반장한테는 무슨 좌우명 같은 건가 봐."

차해린은 학교 근처 도서관으로 달려가서 문제의 책을 찾아보았다. 리처드 매드슨이 쓴 『나는 전설이다』라는 책이었다. 표지에는 흡혈귀들의 얼굴이 빼곡하게 그려져 있었다.

"음…… 취향은 의외로 고루하지 않네."

도안빈이 알려 준 페이지를 펼치자 정말로 그 문장이 있었다.

정상이란 다수의 개념이자 다수를 위한 개념이다. 단 하나의 존재를 위한 개념이 될 수 없다.

차해린은 오만상을 찌푸렸다. 경험상 언뜻 듣기에는 뭔가 있어 보이는데 속뜻이 확연하지 않은 말들은 꼭 말썽을 초래했다. 전에 엄마를 다단계로 끌어들였던 동네 이모의 말투가 그랬다.

"해린 엄마, 비전이 있고 없고가 우리의 세월에 초래하는 결과가 얼마나 디퍼런트한지 알아? 비전이 있으면 세월이 쌓일수록 우리의 가치가 올라가. 실버에서 골드로, 골드에서 다이아몬드로. 하지만 비전이 없으면 우린 그냥 나이만 먹는 거야. 늦기 전에 내 밑으로 들어와서 비전을 찾고 인생 역주행에 성공해."

차해린은 책을 빌려서 도서관을 나섰다.

4.

다음 날, 차해린은 8시 20분쯤 등교했다.

어제 오시택은 8시 25분경에, 임설미는 8시 30분쯤 등교했던 걸 기억하고는 서두른 것이다. 어제처럼 오시택이 임설미를 다른 데로 불러낸다면 막아설 작정이었다.

차해린이 교실로 들어서자 도안빈이 혀를 찼다.

"아, 실망, 차해린. 패션이 너무 평범한 거 아니야? 전에 학생부장 있을 때도 멜빵 같은 거 하고 오고 그랬잖아."

그러거나 말거나 오시택은 조용히 책을 들여다보고 있었다. 역시나 그 페이지였다. 차해린이 자기 자리로 가자 도안빈이 차해린 쪽으로 돌아앉았다.

"그때 너 멜빵 하고 약간 반짝이는 슬리퍼 신고 왔었잖아. 여름 샌들 같은 거. 그날 약간 걸그룹 연습생 같았는데. 학생 부장도 없는데 멀쩡한 교복에 남들 다 신는 삼선 슬리퍼라니, 쯧쯧. 차해린답지 않아."

그때였다. 여태 잠잠하던 오시택이 자리를 박차고 일어나는 것이었다.

"시발, 좀 닥치라고!"

차해린은 휴대폰 모서리를 깨물며 오시택을 지켜보았다. 오시택은 도안빈을 한 대 칠 기세로 씨근덕거렸다. 화를 내더라도 차해린이 냈어야 할 일인데 말이다. 그러는 사이 임설미가 교실로 들어섰다. 오시택은 임설미를 보자마자 제 머리를 감싸 쥐었다.

"내가 충고했잖아. 그 망할 실내화 좀 어떻게 하라고."

오시택은 얼굴까지 시뻘게져서는 교실을 뛰쳐나가 버렸다. 임설미는 커다란 눈을 끔뻑거리다가 자기 자리로 갔다. 교실 분위기가 이루 말할 수 없이 험악했지만 차해린은 때를 놓치지 않고 오시택의 자리로 갔다. 오시택이 엎어 놓고 간 소설책의 221쪽을 펼친 다음 휴대폰 카메라에 담았다. 다시 원래대로 돌려놓으려는데 책 뒷날개에서 소책자 하나가 툭 떨어졌다. 차해린은 소책자를 얼른 교복 치마 주머니에 쑤셔 넣었다.

남의 물건에 손댄 경험이라곤 유치원 시냇물반 시절, 친구의 칭찬 스티커를 뜯어다가 자기 이름 옆에다 옮겨 둔 게 전부였다. 그런 차해린이 오시택의 소책자를 훔친 이유는 표지의 ㅇㅅㅁ이라는 초성 낙서 때문이었다. 차해린은 이응, 시옷, 미음이 임설미를 뜻한다는 데 지갑에 있는 돈 전부를 걸 수도 있었다.

차해린은 한 층을 내려가 4층 여교사 화장실로 뛰어들었다. 양변기 칸을 차지하고 문까지 잠근 뒤에야 소책자와 휴대폰을 꺼내 들었다. 소설책 221쪽을 찍은 사진에도 임설미와 관련된 낙서가 있었다.

ㅇㅅㅁ ☰슬리퍼.

임설미를 뜻하는 초성과 '슬리퍼'라는 글자 사이에는 까만 바탕에 흰 줄이 세 줄 그려진 문양이 있었다. 그건 대한민국 중학생이면 누구나 아는 줄무늬였다. 지금 차해린의 발등에도 있으니까.

"삼선 슬리퍼?"

차해린은 소책자 표지의 낙서도 확인했다.

ㅇㅅㅁ만 설득하면……

"임설미만 설득하면?"

차해린은 이제껏 본 것들과 낙서들을 조합해 보았다. 오시

52

택은 모종의 이유로 임설미에게 삼선 슬리퍼를 신기려 하고 있다. 아마 어제 양치실에서도 하얀 실내화 대신 삼선 슬리퍼를 신으라고 임설미를 꼬드겼을 것이다. 하지만 오시택이 미치지 않고서야 왜 그런 짓을 한단 말인가.

이상한 건 그것만이 아니었다. 차해린은 소책자의 제목에서 뜻밖의 단어를 발견했다.

낙석중학교와 인류 멸종 유예에 관한 협의문

학교 이름을 수상한 책자에서 발견하자 차해린은 기분이 묘했다. 낙석중학교는 교복이 조금 촌스럽다는 점과, 전체 조회 시간에 교장 선생님이 자작시를 낭송한다는 점만 빼면 지극히 평범한 학교였다.

차해린은 조심스레 다음 장을 넘겼다. 역시나 듣도 보도 못한 내용이 쓰여 있었다.

핵심 합의 사항 낙석중학교 투표권자들이 전원 일치로 인류 몰살에 동의하기 전까지는 멸종 시기를 유예한다.

'전원 일치'라는 글자에는 밑줄이 그어져 있었다.

그다음 페이지부터는 어떤 소설의 일부 같은 내용들이 나열되어 있었다. 낙석중학교 이름도 심심찮게 거론되었고, 삼선 슬리퍼 무늬도 수차례 등장했다. 내용의 골자는 대충 이랬다.

1991년 2월 어느 날, 그러니까 34개국 다국적군과 이라크 사이에 걸프전이 한창일 무렵, 츠바인행성에서 날아온 우주선들이 지구 상공을 뒤덮었다. 육안으로는 볼 수 없는 투명 우주선들이었다. 함대를 이끄는 모선은 지구에서 전력 소비량이 가장 많은 도시 중 하나인 뉴욕시 상공에 떠 있었다.

UN의 비밀 기구인 지구방위사령부는 우주선의 존재를 알아차리고 대응책 마련에 나섰다. 하지만 미국, 영국, 프랑스 등 주요 국가들의 신경이 전부 걸프전에 쏠려 있던 때라, 외계 우주선을 상대로 또 다른 전쟁을 벌일 여력이 없었다. 이에 지구방위사령부는 전쟁 대신 협상을 제안했다.

하지만 츠바인행성 측의 입장은 달랐다. 협상은 애초에 생각한 적도 없었다. 그들은 우리 은하 내의 항성계를 돌아다니며, 생명 서식 지대인 골디락스 존에 위치한 행성들을 차례로 점령하고 있었다. 태양계에서는 지구와 화성이 물망에 올랐으나, 중력이 약한 화성은 초기에 배제되었다. 결국 저들의 목적지는 지구였다. 행성 점령 절차는 늘 똑같았다. 행성을 지배하는 핵심 지성체가 있는지 확인하고, 있으면 몰살할 것.

CNN 뉴스가 걸프전을 생중계하던 그 시각, 지구방위사령부는 충격과 공포에 휩싸였다. 츠바인행성 측의 무시무시한 계획과 혀를 내두를 만한 문명 수준을 간파한 것이었다. 지구

54

인은 낯선 침략자들의 적수가 아니었다. 마지막 수단으로 알제리계 프랑스인이자 지구방위사령부 위원장인 알베르 벤탈렙은 저들의 모선을 찾아가 눈물 콧물로 호소했다. 그런데 그 고전적인 제스처가 먹혀들었다. 츠바인행성 측은 인류 멸종 시기를 2단계에 걸쳐 유예해 주기로 약속했다.

1단계는 1991년부터 2011년까지였다. 이 시기에 지구인들은 지구를 떠나 타 행성으로 이주하기 위한 기본적인 우주 항공 기술을 발전시켜야 했다.

2단계는 2012년부터 시작되며 츠바인 측은 최종 기한을 밝히진 않았다. 지구인들로선 실질적인 행성 이주 절차에 들어가야 하는 시기였다. 그리고 2단계 조처를 위해 츠바인 측은 〈인류 멸종 유예에 관한 협의문〉을 제시했다.

이 협의문에 따라 츠바인 측은 환태평양 지진대에 위치한 특정 장소에, 단 1분 만에 인류를 몰살시킬 폭발물을 설치했다. 폭발물 자체의 위력에 환태평양 지진대의 불안정한 상태까지 활용하여 인류 종말을 가져온다는 시나리오였다. 저들이 폭발물을 매설한 장소는 대한민국 경기도 고양시 낙석중학교 운동장 지하였다.

대한민국의 중학교가 매설지로 선택된 이유는 슬리퍼 때문이었다. 츠바인 측은 삼선 슬리퍼를 신은 지성체가 떼로 모여 있는 대한민국 중학교가 매설지로 적합하다고 밝혔다. 그건 삼선 슬리퍼의 문양이 공교롭게도 츠바인행성의 언어 구조와 일치했던 것이다. 색깔에 상관없이 옅은 색 줄을 까만 바탕에 세 줄 그으면 츠바인어로 '인류 몰살에 동의한다.'는 뜻이었다.

무기의 크기가 타임캡슐 단지 정도여서 매설 작업은 하룻밤 만에 끝났다. 그날 이후로 낙석중학교 재학생들은 본의 아니게 인류 몰살에 관한 투표권자가 되었다. 낙석중 재학생이 전원 일치로 동의하면 운동장 지하에 매설된 무기가 폭발하고 인류는 지구의 역사에서 퇴장하게 된다.

소책자를 다 읽은 차해린은 어이가 없었다.

"그럼 우리가 자기도 모르게 인류 몰살에 찬성표를 던졌다는 거야? 그냥 삼선 슬리퍼를 신고 다녔을 뿐인데?"

하지만 뭔가 아귀가 딱딱 맞아떨어지고 있었다. 임설미만 설득하면 된다는 말은 곧 낙석중학교에서 임설미 혼자만 다른 실내화를 신고 다닌다는 뜻이었다. 녀석이 임설미에게, 정확히는 임설미의 실내화에 집착한 이유도 그 때문이었다. 그러자 『나는 전설이다』 221쪽의 문장도 이해가 되었다.

정상이란 다수의 개념이자 다수를 위한 개념이다. 단 하나의 존재를 위한 개념이 될 수 없다.

오시택의 관점에서는 삼선 슬리퍼를 신는 학생들만 정상

범주에 속했다. 반면 하얀 실내화를 고수하는 임설미는 비정상에 속했다. 차해린은 말문이 막히다 못해 탄성이 절로 나왔다.

"오시택, 너 제대로 돌았구나. 망상이 정말 구체적이면서도 유니버설해. 이 책도 네가 만든 거지?"

불과 이틀 만에 차해린은 다른 세상으로 건너온 것 같았다. 모범생 오시택이 저럴 줄이야! 하지만 사람은 겉모습만 봐선 모르는 법이다. 늘 피곤해 보이던 학생부장의 배에 그토록 탄탄한 식스팩이 있을 줄 누가 알았겠는가.

차해린은 학생부장이 왜 임설미를 지켜 주라 했는지 짐작이 갔다. 선생님은 오시택이 모범생의 탈을 쓴 망상병 환자라는 걸 알고 있었던 것이다. 그리고 애꿎은 임설미가 망상병 환자의 타깃이 되었다는 것도.

5.

3교시 후 차해린은 혼신의 힘을 다한 연기로 조퇴를 했다. 3교시 시작 전에 학생부장이 일반 병실로 옮겼다는 소문을 접한 것이다. 물론 조퇴하기 전, 만일의 사태를 대비해서 임설미에게 쪽지도 보내 놓았다.

임설미, 암만 해도 오시택이 미친 것 같아. 실내화 핑계로 널 해코지할지도 모르니까, 일단 삼선 슬리퍼 하나만 사 놔.

차해린은 학생부장에게 물어볼 것도 많고 할 말도 많았다. 오시택에 대해 알아 가면 갈수록 학생부장이 무책임했다는 생각이 들었다. 아무리 위급한 상황이었다고는 하나 어떻게 앞뒤 정황 설명도 없이 임설미 일을 차해린에게 맡기느냔 말이다. 만에 하나 오시택이 미쳐 날뛰기라도 한다면 차해린도 막을 방법이 없었다.

보건실과 교무실을 오가며 귀동냥한 바에 따르면 학생부장은 학교에서 멀지 않은 대학병원 C병동에 있었다. 안내 데스크에서 성은하 환자를 찾자 간호사가 차해린을 훑어보았다. 그러고는 뜻밖의 이야기를 꺼내는 것이었다.

"혹시 차해린? 맞구나. 성은하 환자분이 특별히 부탁하고 갔어. 혹시 차해린이 찾아오면 자기 병실로 꼭 보내 달라고. 개인 사정상 다른 사람들 면회는 일체 받지 않을 생각인데, 넌 만나야 한다더라고."

학생부장은 차해린이 찾아올 걸 예상한 모양이었다.

병실은 2인실이었으나 옆 침대가 비어 있어서 1인실과 다름없었다. 환자복 차림에 링거를 꽂고 있는 학생부장의 얼굴에는 병색이 완연했다.

"샘, 많이 아파요?"

"간 떨린다는 말 들어 봤지? 내가 딱 그랬다니까. 실제로 간이랑 십이지장이 무슨 모터를 박은 것처럼 이틀 내리 덜덜 떨렸어. 아직도 조금 떨려. 통증도 심하고."

학생부장은 옆구리를 가만히 짚어 보였다.

"어쩌다 그런 거예요?"

"기습 공격을 받았어. 범인의 얼굴은 못 봤지만, 분명 놈은 나를 설미한테서 떼 놓으려고 그랬을 거야."

"맙소사! 그럼 오시택이 선생님을 공격한 거예요?"

"오시택이라니? 혹시 임설미를 노리는 게 오시택이니?"

"그럼 샘은 그것도 몰랐던 거예요?"

"말도 안 돼. 그 예쁜 녀석이 츠바인행성의 첩자라니……."

차해린은 눈이 휘둥그레졌다. 학생부장의 입에서 츠바인행성이란 단어가 아무렇지도 않게 흘러나온 것이다. 차해린은 오시택과 학생부장이 주거니 받거니 하며 둘 다 미친 게 아닐까 하는, 합리적인 의심을 품었다.

"허를 찔렸어. 당연히 교사들 중 하나일 줄 알았는데……. 네가 알아야 할 게 있다, 차해린."

학생부장은 침대 옆 작은 캐비닛에서 어른 손바닥 크기의 책자를 하나 꺼내 주었다. 차해린이 오시택에게서 훔친 것과 똑같은 소책자였다.

"오시택도 똑같은 걸 가지고 있었어요. 물론 제가 훔치긴 했지만."

차해린이 가방에서 똑같은 책자를 꺼내 보였다.

"그런데 이게 뭐예요, 샘?"

"거기 써져 있는 그대로다."

"설마 이게 진짜라는 뜻은 아니죠? 이거 오시택이 만든 책자 아니에요? 완전 허무맹랑한 이야기던데."

"그랬으면 좋겠다만 아니야. 그건 인류 멸종 유예에 관한 협의 사항을 수록한 책자야. 일정 부수만 제작해 유엔 지구방위사령부와 츠바인행성 측이 나눠 가졌지. 하지만 작년까지는 그 책자를 펼쳐 볼 일이 없었어. 낙석중학교에 삼선 슬리퍼를 신지 않은 애들이 많았으니까. 다른 문양 슬리퍼를 신는 애들도 있고, 임설미처럼 초등학생 때 신던 실내화를 그대로 신는 애들도 더러 있었지. 그런데 올해 들어 상황이 갑자기 나빠졌어. 공교롭게도 임설미 하나만 빼고, 전교생이 다 삼선 슬리퍼를 신고 다니는 거야."

그러자 차해린이 이의를 제기했다.

"꼭 그렇진 않아요. 샘, 기억 안 나요? 저 반짝이 샌들 신고 다니다가 샘한테 걸려서 혼났잖아요."

"이 소책자를 봤으니 너도 알겠지만, 낙석중학교 재학생은 투표권자들이야. 일단 한 표를 행사하면 그걸로 끝이야. 한 번이라도 교내에서 삼선 슬리퍼를 신은 적이 있으면, 그 사람은 이미 찬성표를 던진 거야."

학생부장은 팔뚝에서 링거 줄을 확 뽑아 던지고는 병실 바닥에 엎드려 팔굽혀펴기를 했다.

"왜 그러세요, 샘. 오시택이랑 샘이랑 둘 다 이상해요."

"평범한 중학생인 네 눈엔 이상할밖에. 오시택은 츠바인 측 첩자고, 나는 지구방위사령부에서 낙석중학교로 파견 나온 특수 요원이니까."

자칭 특수 요원인 학생부장은 팔굽혀펴기를 하다 말고 바닥에 드러눕고 말았다.

"젠장! 몸이 말을 안 들어. 배 속에서 장기들이 마구 떨리니까 몸이 중심을 잡기가 힘들어."

차해린은 학생부장의 말을 믿을 수가 없었다. 겨우 14년차 생물체지만 차해린에겐 상식이란 게 있었다. 세상에, 아니 이 우주에서 삼선 슬리퍼로 투표를 한다는 게 말이 되는가.

다시 침대로 올라간 학생부장은 이불을 덮고 누웠다.

"난 하루 정도 더 쉬어야 할 것 같구나. 대체 어떻게 생긴 무기로 날 쏜 건지 구경이나 했으면 좋겠어. 외상을 안 남기고 장기만 진동시키다니, 적군의 무기지만 탐나."

"그만하세요, 샘. 자꾸 그러니까 꼭 진짜 같잖아요!"

차해린이 참다못해 소리쳤다.

"나도 이 일들이 가짜면 좋겠다. 하지만 어쩌겠니? 놈들은 쳐들어왔고 우린 버텨야 해. 화성에 정착촌이 생길 때까지 말이야. 츠바인 놈들이 화성은 우리더러 가지라 했거든. 너 일론 머스크라고 들어 봤지? 아이언맨의 실제 모델인 사업가 말이다. 그 사람이 왜 화성 이주에 열을 올리는 줄 아니? 그는 화성 이주 프로젝트의 총괄 책임자야."

학생부장은 캐비닛에서 지갑을 꺼내더니, 그 안에서 작은 사진 한 장을 빼서 보여 주었다. 어느 책자에서 오려 냈는지 가장 자리에 가위 자국이 있는 사진이었다.

사진 속에는 백인 중년 남성이 상장 같은 걸 들고 서 있었고, 그 양옆으로 사람들이 늘어서 있었다.

"일론 머스크가 화성 이주 프로젝트 책임자로 위촉장을 받던 날 찍은 사진이야. 대부분 지구방위사령부 소속 임원들이고, 여기 오른쪽에서 세 번째 이 사람은 츠바인행성 군인이야. 물론 지구인으로 신체 변형을 가한 상태이긴 하지만 말이야."

학생부장이 가리킨 사람은 뚱뚱한 백인 할아버지였다. 미국에 가면 어느 동네에서나 볼 수 있을 법한, 지극히 평범한 인상의 노인이었다. 품에 삼선 슬리퍼 한 짝을 안고 있다는 것만 빼면 말이다. 차해린은 숨이 턱 막혔다.

"침략자들이 주도한 계약이 다 그렇듯 〈낙석중학교와 인류 멸종 유예에 관한 협의문〉 역시 처음부터 불공정 조약이었다. 만약 우리 쪽 관계자한테 삼선 슬리퍼를 못 신도록 강요받은 학생이 있으면, 그 학생은 자동으로 찬성표를 던진 걸로 처리돼. 결국 집에서부터 삼선 슬리퍼를 신고 등교하는 녀석들을 단속하는 것 정도가 우리가 할 수 있는 최선이야. 하지만 츠바인행성 측에 대해선 특별한 제한 규정이 없어."

차해린은 서서히 이 말도 안 되는 이야기가 현실로 인식되기 시작했다. 학생들은 영문도 모른 채 삼선 슬리퍼로 투표를 했고, 임설미는 저도 모르게 인류를 지키고 있었던 것이다. 차해린이 한 손으로 이마를 짚으며 한숨을 내쉬는데 학생부장이 물었다.

"그런데 임설미는 어쩌고 있니?"

그 순간 차해린은 임설미에게 주고 온 쪽지가 떠올랐다. 삼선 슬리퍼를 사라는 충고를 담은 쪽지 말이다.

"못 살아!"

6.

차해린이 급식실로 들어서자 도안빈이 손을 흔들었다.

"조퇴하더니, 밥 먹으러 다시 왔냐?"

오시택과 임설미가 보이지 않았다. 시간상 식사를 마치고 급식실을 나갔을 리는 없었다. 둘은 급식실이 아닌 제3의 장소로 이동한 게 틀림없었다.

5층 교실까지 한달음에 달려갔지만 교실은 비어 있었다.

"임설미! 임설미!"

양치실 쪽도 찾아보고, 4층의 학교역사전시실, 2층의 상담실과 분실물함 쪽으로도 가 보았다. 1층 도서실에도 도서 봉사 학부모밖에 없었다. 차해린은 운동장을 가로질러 실내 체육관으로 갔다. 체육관 문은 닫혀 있었고 뒤뜰도 비어 있었다.

차해린은 돌연 웃음이 터져 나왔다. 지금껏 너무 '인간적인' 방식으로 녀석들을 찾아다녔다는 생각이 들었다. 임설미를 데려간 게 오시택이라면 외계 침략자의 눈으로 이 사태를 봐야 했다. 내가 놈이라면…… 이 기회를 놓치려 하지 않을 것이다. 〈낙석중학교와 인류 멸종 유예에 관한 협의문〉이 채택된 뒤로 낙석중학교 유권자들이 이토록 몰표를 던진 적이 없었기 때문이다. 전교생 879명 중에 878명이 인류 몰살에 찬성표를 던진 것이다. 1학년 9반 임설미만 빼고. 임설미를 예의 주시하던 학생부장마저 학교 밖으로 내쫓은 지금이야말로 일의 쐐기를 박을 때였다.

방법은 두 가지였다.

어떻게든 임설미에게 삼선 슬리퍼를 신기거나 임설미를 제거하거나!

그리고 어떤 방법을 택하건 오시택은 임설미를 학교 밖으로 유인해야 했다. 삼선 슬리퍼를 파는 문방구도 학교 밖에 있고, 임설미를 제거하려 해도 보는 눈이 없는 곳으로 끌고 가야 하니까. 이 시간에 사람들 눈을 피해 학교 밖으로 나갈 수 있는 통로는 하나밖에 없었다.

차해린은 다시 운동장을 가로질러 학교 뒷마당으로 갔다. 분리수거장 뒤에 폭이 50센티미터가 될까 말까 하는 통로가 있었다. 그 통로를 따라가자 드디어 구멍 난 철조망이 있었다. 그리고 철조망 아래 풀밭에 팔찌형 피카츄 시계가 떨어져 있었다.

"오시택, 이 망할 놈!"

차해린은 주먹을 꽉 쥐었다. 입학한 지 얼마 안 됐을 때 동아리 선배들이 그랬다. 이 구멍으로 말할 것 같으면 10여 년 전부터 뜻있는 선배들이 두피와 손등을 긁혀 가며, 교복 카디건 올이 나가는 것도 감수하며 조금씩 넓혀 온 거라고. 그러므로 이 구멍이야말로 낙석인의 역사가 깃든 유산이라고.

"그런데 감히 이 구멍으로 우리 학교 학생을 끌고 나갔단 말이야? 이 외계인 자식, 임설미 털끝 하나라도 건드렸단 봐!"

차해린은 피카츄 시계를 움켜쥐고 철조망을 빠져나갔다.

운명의 갈림길. 농경지 쪽으로 이어진 뒷길과 상가 단지로 이어진 길 사이에서 주춤하던 차해린은 근처 핫도그 가게로 갔다.

"아줌마, 키가 큰 남자애가 엄청 작은 여자애를 질질 끌고 가는 거 못 봤어요?"

"끌고 가는지는 모르겠고 애들 둘이 문방구 쪽으로 가긴 하더라."

핫도그 가게 사장의 무심한 답변에 차해린은 울컥한 감동을 느꼈다. 인류 멸종이라는 절체절명의 위기를 자각하고 나자 지구인 하나하나가 새롭고 귀해 보였다.

드디어 문구점에 다다른 차해린은 유리문을 힘껏 밀치며 뛰어들었다.

볼펜 코너를 지나고 초등학생용 뽀로로 색연필과 12색 수채 물감이 있는 칸을 지나고, 소고와 단소와 리코더가 무더기로 쌓여 있는 진열대를 지나자 오시택과 임설미가 보였다. 임설미는 삼선 슬리퍼를 신고는 어색하게 걸어 보는 중이었다.

"엄청 잘 어울려. 거봐, 진작부터 신으라고 했잖아. 너 지금 딱 중학생 같은 거 알아? 이젠 초딩 같다고 놀리는 애들 없을 거야."

오시택은 두 손을 비벼 가며 최후의 유권자를 설득하고 있었다. 차해린은 주먹을 움켜쥐며 두 사람 앞에 등장했다.

"임설미, 이 자식 말 듣지 마!"

그러고는 오시택을 실내화 칸 쪽으로 떼밀어 버렸다.

"네가 뭔데 임설미한테 삼선을 신으라 그래? 이 외……."

하마터면 외계인이라고 말할 뻔했다. 차해린은 급히 입술을 앙다물고는 임설미를 보았다. 어리둥절한 표정의 저 무해한 생물체는 아무것도 모르고 있었다. 정말 아무것도 모른다…….

"이 상당히 멀리서 온 자식아!"

차해린은 표현을 정정했다.

"그러는 넌 뭔데? 넌 무슨 자격으로 임설미한테 삼선을 신지 말라는 건데?"

차해린의 기습에 널브러졌던 오시택이 손등으로 입술 언저리를 훔치며 일어섰다.

"피도 안 났는데 입술 주변은 왜 닦고 지랄이야? 어디서 본 건 있어 가지고. 멀리서 온 놈 너, 이제 보니 다 설정이었구나.

키 크고 잘생기고 성실하고 예의 바른 모범생 콘셉트로 변장한 거지? 어쩐지……. 로맨스 웹툰에나 있을 법한 캐릭터가 우리 반에 돌아다닌다 했어."

그때였다. 카운터에 앉아 있던 아르바이트생 오빠가 자리를 박차고 일어섰다.

"야, 이 자식들아. 살 거면 빨리 사고 안 살 거면 나가!"

오빠는 나무젓가락을 짬뽕 그릇에 팍 내리꽂으며 소리쳤다.

생의 욕구를 자극하는 짬뽕 냄새……. 하필 불짬뽕이었다. 차해린은 눈물이 나려 했다. 카운터 위의 짬뽕 그릇, 그 옆에 놓인 꼬깃꼬깃한 나무젓가락 포장지, 포장지 따라 구겨진 '상해반점'이란 글자. 인류가 멸종한다는 건 세상의 중국집들이 사라진다는 거였다. 그토록 정답고 맛있고 좋은 것들이 하루 아침에 무로 돌아간다는 것이다. 차해린은 학생부장의 부탁을 비로소 이해할 수 있었다.

그날, 학생부장을 발견한 게 차해린이 아니라 1학년 5반 황지훈이나 2학년 4반 우기영이었다면, 학생부장은 이랬을 것이다. '1학년 9반 임설미, 임설미를 지켜 줘.' 학생부장은 상대가 누구든 상관없이 똑같은 부탁을 했을 것이다. 누군가는 임설미를 지켜야 하고, 그건 우리 모두와 관련된 일이니까.

차해린, 오시택, 임설미는 문구점 밖으로 우르르 쫓겨났다. 오시택과 차해린의 싸움은 계속되었다.

"차해린, 넌 왜 갑자기 우리 사이에 끼어드는 건데? 임설미가 삼선 신는 걸 반대하는 이유가 뭐냐고?"

너 같으면 내 종족이 멸종하는 걸 보고만 있겠느냐고 막 대답하려던 찰나, 차해린은 오시택의 얼굴에서 수상한 움직임을 감지했다. 놈은 이글이글 타오르는 눈빛으로 차해린의 입을 노려보고 있었다. 게다가 입술을 몹시 방정맞게 달싹거리고 있었다. 차해린은 그 입모양을 읽을 수 있었다. 제발, 제발, 제발, 제발…… 놈은 차해린의 대답을 간절하게 바라고 있었다. 그 순간 차해린은 학생부장이 말한 불공정 조약 이야기가 떠올랐다. '만약 우리 쪽 관계자한테 삼선 슬리퍼를 못 신도록 강요받은 학생이 있으면, 그 학생은 자동으로 찬성표를 던진 걸로 처리돼.'

차해린은 마침내 오시택의 꿍꿍이를 간파했다. 지금 놈은 이 일을 임설미가 삼선을 신지 못하도록 강요받는 상황으로 몰아가고 있었다. 그러면 임설미가 삼선 슬리퍼를 신지 않더라도 자동으로 찬성표 처리가 되는 것이다.

"반대한 적 없는데? 삼선을 신건 말건 그건 설미가 알아서 할 일이니까."

그러자 오시택의 얼굴이 벌게졌다.

"아니야. 넌 분명 임설미가 삼선 슬리퍼를 살까 봐 여기까지 쫓아온 거잖아. 그건 곧 임설미한테 삼선을 신지 말라고 말하는 거와 마찬가지야."

그때였다. 이제껏 잠자코 있던 임설미가 오시택의 코앞에

꾸깃꾸깃한 메모지를 내밀었다.

임설미, 암만 해도 오시택이 미친 것 같아. 실내화 핑계로 널 해코지할지도 모르니까, 일단 삼선 슬리퍼 하나만 사 놔.

아까 차해린이 임설미에게 준 쪽지였다.

쪽지의 내용을 훑어본 오시택이 고개를 저었다.

"말이 안 되잖아. 이건 말이 안 돼."

"너희 둘 다 그만해. 오시택 너, 내가 하얀 실내화를 신고 다녀서 애들이 나 싫어하는 거랬지? 삼선 슬리퍼 신으면 애들이 나 끼워 줄 거라고. 내가 바보니? 그 말을 믿게? 난 그냥, 우리 반에서 처음으로 나한테 먼저 말 걸어 준 네가 고마워서 네 비밀도 지켜 주려고 했고, 급식도 안 먹고 여기까지 따라온 거야. 그런데 넌 처음부터 끝까지 삼선 슬리퍼 이야기만 해. 내가 삼선 슬리퍼 안 신으면 어디서 외계인이라도 쳐들어온대?"

임설미는 가슴을 들썩이며 오시택을 노려보았다. 그러더니 이번에는 차해린을 쏘아보았다.

"차해린 너는 또 왜 그래? 왜 너까지 삼선 슬리퍼 가지고 이러는데? 삼선 슬리퍼가 그렇게 중요해? 삼선 슬리퍼에 무슨 인류의 운명이라도 걸려 있나?"

임설미는 휙 돌아서서 가 버렸고, 오시택과 차해린은 놀란 눈길을 주고받았다.

7.

그날 밤, 차해린은 늦은 저녁을 먹다 말고 엄마를 꼭 안아주었다.

"차해린, 용돈 떨어졌냐?"

"내일 세상이 망한다면 엄만 오늘 뭐 할 거야?"

"글쎄. 속 편한 놈들은 사과나무도 심고 그런다더라만 난…… 일단 시골 할머니한테 전화부터 해야겠지? 그다음엔 차해린 데리고 일산횟집 가서 킹크랩 쪄 먹어야지. 제일 큰 걸로다가."

내일 임설미의 신발주머니에 삼선 슬리퍼가 들어 있으면 인류는 끝이 난다. 하지만 차해린에겐 막을 방법이 없다. 학생부장도 그 사실을 알고 있을 것이다. 임설미의 신발주머니에 오늘처럼 흰 실내화가 들어 있다면 오시택은 또 미쳐 날뛸 것이다. 어쩌면 녀석은 임설미를 꼬드길 또 다른 방법을 강구해 놨을지도 모른다. 그 유혹을 떨쳐 내는 건 오로지 임설미의 몫이다. 결국 이 믿지 못할 싸움의 진짜 주인공은 임설미였다. 최후의 투표권자, 임설미.

차해린은 침대에 엎드려 책을 폈다. 츠바인행성의 첩자 오시택 덕에 알게 된 『나는 전설이다』였다.

정체불명의 바이러스로 인류가 흡혈귀로 변해 버린 세상을 배경으로 한 소설이었다. 최후의 생존자인 로버트 네빌은, 낮에는 잠든 흡혈귀들을 찾아내 말뚝을 박고 밤이면 집 문을 걸어 잠근 채 흡혈귀들의 유혹과 야유를 견딘다.

"네빌, 나와라!"

네빌을 불러내려던 흡혈귀의 목소리는 오시택의 것이기도 했다. 임설미, 너도 삼선 슬리퍼를 신어! 그리고 녀석이 그토록 집착하던 문장.

정상이란 다수의 개념이자 다수를 위한 개념이다. 단 하나의 존재를 위한 개념이 될 수 없다.

네빌은 혼란에 빠진다. 살아남은 인류가 나 하나라면 이제 정상과 비정상이 역전된 게 아닐까. 처음에는 흡혈귀로 변해버린 자들이 비정상이었다. 하지만 그들이 절대 다수가 된 지금은, 홀로 남은 내가 비정상이 아닐까……. 차해린은 네빌의 고민을 이해할 수 있을 것 같았다. 참말로 딱하지 뭔가. 하지만 차해린은 221쪽의 문장에다 밑줄을 박박 긋던 오시택에겐 공감할 수 없었다.

"넌 틀렸어, 오시택. 정상이 늘 다수의 개념인 건 아니야."

정상과 비정상은 다수냐 소수냐로 가릴 수 있는 게 아니었다. 절대 다수가 삼선 슬리퍼를 신는 학교에서 혼자 하얀 실내화를 신고 다니지만, 임설미는 엄연히 정상이었다. 그리고 삼선 슬리퍼를 신는 나머지 학생들 역시 정상이었다.

밤 10시. 차해린은 책을 덮고 엄마 방으로 갔다.

"엄마, 내일 세상이 망할지 몰라서 하는 말인데, 나 마트 좀 데려다줘."

"오밤중에 마트는 왜? 먹고 싶은 거 있으면 정문 편의점 가."

"편의점에서 안 파는 거니까 그러지. 이 시간에 파는 데는 마트밖에 없어."

엄마 차를 타고 대형마트로 가는데, 학생부장에게서 문자가 왔다.

- 차해린, 오늘 고생 많았다.
- 고생했는지 안 했는지 샘이 어찌 알아요?
- 인류가 아직 멸종하지 않은 걸 보면 알지.
- 샘, 내일 임설미가 삼선 슬리퍼 챙겨 오면 어떡해요?
- 어쩔 도리 없지. 애초에 놈들은 우리와 조약을 맺은 게 아니었어. 우리를 도박판 위에 올려놓은 거지. 십이지장과 간의 떨림이 잦아드는 속도로 봐서, 이틀 후면 학교로 돌아갈 수 있을 것 같아. 뭐, 내가 돌아간다고 별수 있는 게 아니지만.

창밖의 야경이 멀쩡해서 코끝이 시큰했다. 사람들이 걸어 다니는 모습에 또 울컥했다. 내일 무슨 일이 벌어지더라도 그건 임설미의 탓이 아니었다. 그리고 자기도 모르게 인류 몰살에 찬성표를 던진 다른 학생들 탓도 아니었다. 책임은 이런 얼토당토않은 계약 조항을 만든 놈들에게 있었다.

다음 날 아침, 차해린은 서둘러 학교로 갔다. 교실에는 역시나 오시택과 도안빈밖에 없었다. 늘 그래 왔듯 도안빈이 먼저 말을 걸어왔다.

"차해린, 너 요즘 왜 이렇게 빨리 오냐? 너네 집에도 새벽부터 막 사람 깨우는 할아버지 있냐?"

"아니, 그냥 잠이 일찍 깨더라고. 도안빈 너네 집에 할아버지 계신 줄 처음 알았네."

차해린의 대꾸에 도안빈은 어리둥절해졌다. 쌩한 얼굴로 딴 사람의 말 따윈 무시하고 지나가야 차해린인데 말이다. 한편 오시택은 교실 문만 힐끔거리고 있었다. 임설미가 무얼 신고 등장할지, 긴장이 역력한 얼굴로 지켜보는 중이었다.

"너도 참 애쓴다, 멀리서 온 놈아. 부모 형제 떠나, 은하수까지 건너와서 이게 뭔 짓이냐?"

차해린이 오시택의 등을 두드려 주며 귀엣말을 했다.

임설미의 등교 시간이 가까워지자, 차해린은 교실을 나섰다. 1층 현관에 쪼그리고 앉았다. 운동장이 눈앞에 펼쳐져 있었다. 환태평양 지진대를 통째로 뒤흔들어 버릴 가공할 무기가 매설된 곳이라고는 믿기지 않을 만큼, 운동장은 고요했다. 낙석중학교 현관 앞은 세상이 망하는 꼴을 구경하기에 좋은 곳이었다. 그리고 누군가를 기다리기에도…….

"차해린, 여기서 뭐 하나?"

임설미가 다가왔다. 그러고는 신발주머니에서 흰 실내화를 꺼내 현관에 툭툭 내려놓았다. 실내화를 꿰신던 임설미의 눈이 동그래졌다.

"어, 차해린! 너도 흰 실내화 신었네."

"응. 어젯밤에 하나 샀어. 신어 보니 가볍고 좋더라고. 5층까지 계단 오르내릴 때도 편하고."

아무것도 모르겠지만 정말 수고가 많다, 임설미……. 차해린은 피카츄 시계를 임설미의 손목에 감아 주었다. 어제 임설미가 학교 개구멍에 떨어뜨렸던 시계다. 차해린은 앞으로 닥쳐올 날들이 두려웠다. 하지만 어떻게든 내년 3월까지만 버티면 신입생이 들어올 것이다. 새로운 투표권자들 중에 임설미 같은 실내화파가 여럿 있을지도 모른다.

기적처럼 인류 멸망은 또 하루 미루어졌고, 최후의 투표권자 임설미는 계단을 올라갔다.

너만 모르는
엔딩

1.

"집이 있어야 해요. 서울 변두리에 내 이름으로 된 아파트요. PC방이랑 편의점, 치킨집이 5분 거리에 다 있는, 최적의 입지여야 해요. 엄마랑은 따로 살 거예요. 우리 엄마는 매출이 엄청난 고급 닭갈빗집 사장님이 돼 있을 거예요. 저기 사거리 쪽에 있는 무한 리필 닭갈빗집 아시죠? 그 집보다 최소열 평은 더 큰 매장이어야 해요. 종업원이 스무 명도 넘죠. 매니저도 따로 있어요. 싹싹하고, 외국 손님도 응대할 만큼 영어도 좔좔 하고, 종업원들 관리도 능수능란하게 하는 유능한 매니저예요. 그런데 이 매니저한테 문제가 조금 있어요. 손버릇이 좋지 않아서 엄마가 가게만 비웠다 하면 돈을 조금씩 빼돌리는 거죠. 담뱃값 정도의 푼돈이긴 하지만 엄마 입장에선 긴장을 늦출 수 없죠. 엄마는 매니저를 감시하느라 아들 인생에 간섭할 틈이 없어요. 그렇다고 일만 하면 엄마가 너무 불쌍하니까 계절이 바뀔 때마다 친한 이모한테 가게를 맡기고 성지순례를 가는 걸로 할게요."

이만하면 얼추 완벽한 미래 같았다. 그래도 혹시 빠뜨린 게 없는지 호재는 눈을 치뜨며 가만가만 톺아보았다. 호재의 설계안을 받아 적던 흡 씨는 메모지에 띄엄띄엄 밑줄을 그었다.

"스무 명쯤 되는 종업원, 닭갈비 매장 매니저, 친한 이모. 이 사람들 중에 호재 군과 알고 지내는 분이 있다면 말씀해 주셔야 합니다. 이미 일정한 관계를 형성하고 있는 사람들을 설계도에 등장시키려면 별도의 연산이 필요합니다. 비용은 지인 한 사람당 5000원씩 추가되고요."

"친한 이모는 민아네 엄마면 좋겠어요. 저기 시장 입구 쪽에 있는 핫도그 가게 아줌마 말이에요."

초기 비용이 좀 들더라도 호재는 엄마의 미래에 민아네 엄마를 꼭 넣어 주고 싶었다. 두 사람은 10년 넘게 같은 시장통에서 장사를 하며 언니 동생으로 지내는 사이였다. 전에 호재 엄마가 곗돈 사기를 당해서 전세금을 홀랑 날려 먹었을 때, 군소리 않고 생활비를 꿔 준 사람도 민아네 엄마였다.

"알겠습니다. 더 추가할 사항은 없습니까? 예를 들면 미래의 아내라거나……."

호재는 '아내'라는 말이 선뜻 체감되지 않아 눈을 끔벅거렸다.

"아…… 호재 군 나이에 설계하기에는 어려운 영역이겠군요. 그래도 기왕 미래를 설계하는 중이니 아내에 대한 부분도 옵션으로 넣어 두는 게 좋을 거예요."

홉 씨는 이미 자신의 메모지에 '아내'라고 적고 있었다. 호재는 자세를 고쳐 앉으며 '아내'라는 글자를 노려보았다. 설계사들이 제시하는 옵션들은 쓸데없는 게 대부분이니 신중해야 한다고 엄마가 그랬기 때문이다. 물론 홉 씨는 엄마가 말하는 보험 설계사들과는 좀 다르긴 하지만 말이다. 홉 씨는 보험 회사가 아니라 지구 밖에서 왔으니까.

"아직 이런 스타일의 아내가 좋겠다, 하고 정해 둔 게 없는데요."

"그럼 이렇게 접근해 보는 건 어때요? 이런 아내는 제발 아니었으면 좋겠다!"

그러자 호재도 떠오르는 것들이 있었다.

"예측 불가능한 사람은 안 돼요. 어디로 튈지 모르는 사람이랑 있으면 불안하잖아요. 표정이 뚱한 사람도 싫어요. 난 상대방이 웃질 않으면 긴장되거든요. 내가 뭘 잘못했나 싶고요. 또 깡마른 사람은 아니었으면 좋겠어요. 제 별명이 극세사, 스켈레톤, 실오라기 그런 거거든요. 아내까지 그런 사람이면 좀 그렇잖아요. 그리고 남의 일에 오지랖을 부리는 사람은 절대 사양! 그런 사람이랑 있으면 피곤해요. 마지막으로 공부는…… 반 평균을 깎아 먹을 정도만 아니면 돼요."

말을 매조지던 호재는 저도 모르게 픽 웃고 말았다. 결국 호재가 꿈꾸는 미래의 아내상은 의외로 단순했다. 이민아랑 완벽하게 다른 애! 민아는 만사 충동적인 데다, 늘 불만 그득한 얼굴로 돌아다니는 말라깽이었고, 말도 못 하게 오지랖이 넓어서 툭하면 남 일에 끼어들었다가 시비가 붙기 일쑤였다. 게다가 민아는 국영수사과포자로 유명했다. 남들은 기껏해야 수학 한 과목 정도 포기를 선언하는데 이민아는 주요 과목을 죄다 포기한 채 반 평균을 두루 깎아 먹고 다녔다.

"혹시 마음에 두고 있는 여자분이 현재 호재 군과 알고 지내는 사이면 말씀해 주셔야 합니다. 물론 이 경우에도 연산 비용으로 5000원이 추가됩니다."

흡 씨가 물파스를 코밑에 바르며 말했다. 물파스 냄새에 반해 지구에 정착했다더니 그 말이 사실인 모양이었다.

호재는 고민에 빠졌다. 5000원을 아끼고 수억만 분의 1 정도의 위험을 감수할 것인가. 아니면 5000원을 투자하여 위험의 싹을 제거할 것인가. 여기서 말하는 위험은, 이민아가 호재의 아내가 될지도 모르는 일말의 가능성을 뜻한다. 물론 호재는 그 위험을 피해 갈 자신이 있었다. 하지만 사람의 앞날은 모르는 게 아닌가. 더구나 엄마와 민아네 엄마가 단짝으로 늙어 가는 한 호재와 민아는 오며 가며 부딪칠 수밖에 없었다. 그러다가 드라마의 흔한 설정처럼 어느 날 술을 먹고 민아랑

키스라도 해 버리는 날에는! 호재는 몸서리치며 흡 씨의 손을 움켜쥐었다.

"5000원 더 낼 테니까, 이민아랑 결혼할 확률을 제로로 만들어 주세요."

그리하여 호재는 완벽한 미래 설계도를 손에 넣었다. 흡 씨는 커다란 바윗덩어리 같은 물체를 만지작거렸다. 흡 씨 말로는 '다중우주론에 기반한 미래 설계 및 가능성의 분기점 추출 장치'였다. 예를 들어 흡 씨가 '내일 저녁 7시에 호재는 수학학원 입구에서 민아에게 꿔 준 돈 4800원을 돌려받는다.'를 입력하면, 기계는 호재가 속한 무수한 우주들 중에 민아로부터 4800원을 돌려받는 우주들을 특정한 다음, 그 우주들의 공통점을 찾아내는 것이다. 그 공통점을 확인하고 실행하다 보면, 숱한 변수들 속에서도 4800원만큼은 돌려받을 수 있게 되는 것이다. 이 공통점이 바로 가능성의 분기점이다. 4800원을 돌려받는 우주와 돌려받지 못하는 우주로 나뉘는 지점, 호재는 그 분기점을 만날 때마다 자신의 미래를 4800원을 돌려받을 수 있는 미래로 몰아가는 것이다.

실제로 호재는 흡 씨가 일러 준 방법에 따라 민아에게서 돈을 돌려받았던 터다. 흡 씨가 짚어 준 분기점들은 대략 이랬다. 다음 날 3교시 쉬는 시간에 급식실 앞을 기웃거릴 것, 오후 4시에 동네 맘스터치 매장 유리벽에 붙어서 침을 꼴딱꼴딱 삼키며 매장 안을 들여다볼 것, 오후 6시에 바지 주머니를 바깥으로 까뒤집고 민아네 핫도그 가게 앞을 지나갈 것. 가능성의 분기점들이 하나같이 추레하긴 했지만, 호재는 부지런히 자신의 우주를 4800원을 돌려받는 방향으로 몰아갔고, 마침내 그날 저녁 7시에 민아에게서 돈을 돌려받을 수 있었다.

하지만 이번 사안은 4800원짜리 미션과는 비교도 안 될 만큼 중요했다. 이건 호재의 인생이 걸린 문제였다. 5분쯤 지나자 결과가 나왔다. 흡 씨는 가능성의 분기점을 일러 주었다.

"민아 양과는 결혼하지 않겠다는 호재 군의 입장이 확고하다고 하니, 민아 양의 입장에서 연산을 진행해야 했습니다. 민아 양은 무척 단조로운 사람이더군요. 가끔씩 이렇게 가능성의 분화가 미미한 사람들이 있긴 합니다. 그래서 가능성의 분기점도 쉽게 찾을 수 있었습니다. 이번 주 일요일에 영화만 한 편 같이 보시면 됩니다. 상영관에 들어가기 전에 우연을 가장하여 민아 양의 손을 잠시 잡으면 됩니다. 그 사소한 스킨십을 통해 민아 양은 호재 군이 그저 친구일 뿐이라는 사실을 확신하게 됩니다. 그 분기점을 무사히 지나면 두 분은 부부가 될 확률이 아예 존재하지 않는 우주들로 들어서게 됩니다."

2.

호재가 민아에게 영화 이야기를 꺼낸 건 영화 시작 세 시간 전이었다. 그럼에도 일은 일사천리로 진행되었다. 남자 친구를 만난다거나, 성당이나 교회에 간다거나, 하다못해 친구들이랑 실내 팡팡존에 간다거나 하는, 일요일 오후의 일정 같은 게 아예 없는 이민아였다. 호재의 휴대폰으로 온라인 티켓을 확인한 후 민아가 내뱉은 첫마디는 이랬다.

"아싸! 공짜 표!"

호재는 의구심 가득한 얼굴로 이 사태를 되짚어 보았다. 이민아는 굳이 가능성의 분기점까지 따져 가며 밀어내야 할 상대가 아니었다. 일요일 오후의 민아는 무참한 옥고를 치른 사극 캐릭터 같았다. 정수리에 올려 묶은 머리는 마구 헝클어진 상투처럼 보였고, 목이 늘어날 대로 늘어난 티셔츠는 영락없는 무명 적삼이었다. 민아는 호재와 극장에 갈 게 아니라 망나니 손을 잡고 처형장에 입장해야 할 분위기였다.

결국 호재는 흡 씨에게 민아의 일을 부탁한 것 자체가 '긁어 부스럼'이었다는 결론을 내렸다. 그냥 내버려 뒀어도 민아와 호재가 부부가 되는 우주 따위는 존재하지 않을 터였다. 민아는 자다 깬 얼굴 그대로 문을 열어 줄 만큼 호재에게 무신경했고, 호재 또한 민아에게 눈곱만큼도 설레는 구석이 없었다. 어쩌면 두 사람은 서로에게 시장통 아줌마들이나 다름없는 존재인지도 모른다. 좋을 것도 싫을 것도 없고, 딱히 부끄러울 것도 없는, 그저 익숙한 사이.

"영화 시작 10분 전에 매표소 앞에서 보자."

민아는 호재의 어깨를 툭 치고는 현관문을 닫았다.

호재는 이 문제에 대해 흡 씨와 상담을 좀 하고 싶었다. 하지만 홉 씨는 지난달부터 교회에 다니기 시작한 뒤로 일요일이면 점집 문을 닫아 버렸다. 생계 유지를 위해 점집을 운영하고는 있지만 홉 씨는 독실한 기독교 신자였고 엄마 말에 따르면 십일조도 잘 낸다 했다. 지구 유람을 마치고 돌아갈 예정이던 홉 씨가 예수의 재림을 기다리느라 지구에 발이 묶인 것이다.

호재는 가끔 홉 씨가 자신의 미래는 못 보는 게 아닐까 궁금했다. 지구와는 차원이 다른 문명 세계에서 온 홉 씨가 예수천당 불신지옥을 외치는 길거리 전도사에게 설득당할 줄 어찌 알았겠는가. 홉 씨는 신앙 생활을 위해 지구에 눌러앉을 생각인 듯했다. 어쨌거나 홉 씨는 지구인의, 그중에서도 대한민국의 평범한 중년 남자의 외양을 하고 있었고, '이홉'이라는 이름의 점술가이자 다란시장 상인회 멤버로 활약하는 중이었다. 다행히도 홉 씨의 '다중우주론에 기반한 미래 설계 및 가능성의 분기점 추출 장치'는 꽤 신통한 구석이 있었고, 홉 씨는 그네 카페와 기원이 연달아 망해 나간 건물에 세를 들었지만 그럭저럭 가게를 꾸려 나가는 모양이었다.

휴대폰을 만지작거리던 호재는 한숨을 쉬었다. 홉 씨의 개인 연락처는 알고 있었다. 하지만 일요일 오전 11시는, 홉 씨가 교회에서 예배를 볼 시간이었다. 호재는 홉 씨의 사생활을 존중하기로 했다. 결정은 혼자 해야 했다. 민아 때문에 들어간 추가 비용이 아깝기는 하지만 이쯤에서 영화 관람을 없던 일로 하는 게 나을 듯했다. 호재는 민아에게 문자를 보냈다.

-갑자기 일이 생겼어. 영화 못 볼 것 같아.

그러고 나니 자신이 너무 매정하게 느껴졌다. 결국 호재는 메시지를 하나 더 보냈다.

- 영화 티켓 두 장 다 보내 줄게. 같이 갈 사람 구해 봐. 미안.

일은 막힘없이 진행되었다. 늘 그렇듯 민아는 참 단순하고 다루기 쉬운 애였다.

민아 일을 매듭지은 뒤 호재는 집에서 빈둥거렸다. 쓸데없는 걱정으로 허비한 돈이 무려 2만 원이었다. 보름간의 유흥비가 한순간의 판단 착오로 증발해 버린 것이다. 안타까움은 이내 민아를 향한 원망으로 변질되었다.

하여튼, 이민아! 인생에 도움이 안 된다니까.

호재의 문자를 여태 안 읽은 건지, 일방적인 약속 취소에 삐친 건지 민아에게선 따로 연락이 없었다.

호재는 한숨 늘어지게 낮잠을 자고 일어났다. 영화 시작을 40분 정도 앞둔 시각이었다. 민아에게선 여전히 문자 한 통 오지 않았다. 일요일 오후, 딱히 스케줄이 없기는 호재도 마찬가지였다. 호재는 오랜만에 엄마 가게에 나가 보기로 했다. 호재 엄마는 재래시장 초입의 즉석닭갈빗집 사장님이었다. 딱 두 평짜리 가게였지만 나름 단골도 있었다. 돈이 들어오는 족족 대출금 이자로 빠져나가 버리긴 했지만, 가게 수입 자체는 괜찮은 편이었다.

호재가 닭갈비용 양배추를 썰고 있을 때였다. 맞은편 민아 엄마네 핫도그 가게에 남자애 둘이 서 있는 게 보였다. 호재는 녀석들에게 절로 눈길이 갔다. 계산을 하고 핫도그까지 건네받고서도 계속 가게 앞에서 뭉그적대는 꼴이, 평범한 손님 같지 않았던 것이다. 녀석들의 목적은 애초에 핫도그가 아닌 듯했다. 호재는 본래 촉이 남다른 아이였다. 흡 씨가 외계인이라는 사실을 알아차린 유일한 지구인이 바로 호재였다.

남자애들은 핫도그 가게 앞을 5분 넘게 얼쩡거리고서야 물러났다.

"내가 뭐랬냐? 그냥 영업 멘트라 했지?"

"아니라니까. 걔가 자기 가게에 놀러오라고 했다고."

"놀러오라는 말을 곧이곧대로 듣냐? 그건 그냥 여기 와서 핫도그 좀 팔아 달라는 뜻이야. 그리고 넌 걔 어디가 좋냐?"

"귀엽잖, 이민아. 가게 안쪽에 걸려 있는 사진 봤지? 애기 때부터 지금까지 날마다 귀여웠던 거야."

호재는 하마터면 양배추가 아니라 제 손가락을 썰 뻔했다. 도대체 이민아가 '귀엽다'는 형용사로 서술될 만한 사람인가. 이 지구상에 민아를 좋아하는 남자애가 존재한다는 게 말이 되는가.

"제대로 안 할 거면 집에 들어가. 뭐 하러 기어 나와서는 거 치적거리기만 하고."

엄마가 짜증을 내며 호재의 손에서 칼자루를 낚아챘다. 그 순간 건너편 핫도그 가게에 내걸린 전자시계의 숫자가 바뀌었다. 3:50. 상영관 입장이 시작될 시간이었다. 호재는 급히 휴대폰을 확인했지만 민아에게선 문자 한 통 와 있지 않았다.

불안이 슬슬 고개를 치켜들기 시작했다. 호재는 쭈뼛거리며 핫도그 가게로 갔다.

"아줌마, 민아 혹시 영화 보러 갔어요?"

"글쎄…… 집에 있을걸? 용돈도 없는 년이 어딜 가겠니?"

"네?"

"얘기 안 하디? 휴대폰 박살 낸 죄로 지난주부터 용돈 끊었다."

젠장, 돌아 버리겠네!

호재는 극장을 향해 달렸다. 민아에게 휴대폰이 없으리라고는 꿈에도 생각 못 했다. 그건 곧 민아가 극장에서 호재를 기다리고 있다는 뜻이었다. 녀석이 다른 사람과 영화를 볼 가능성 같은 건 있지도 않았다. 호재 편에서 약속을 취소하면서 일의 흐름을 바꿔 버렸는데도 가능성의 분기점은 여전히 유효한 것이다.

'상영관에 들어가기 전에 우연을 가장하여 잠시 민아 양의

손을 잡으면 됩니다.'

호재는 흡 씨의 조언을 떠올리며 가슴을 쳤다.

호재가 극장에 도착한 시간은 4시 3분이었다. 간당간당하게 입장이 가능한 시간이긴 한데 민아가 보이지 않았다. 하필 극장도 사람들로 미어터졌다. 최근 개봉한 영화의 감독과 주연배우들의 무대 인사가 있는 날이라 했다. 무대 인사는 저녁 시간에 예정돼 있었지만 팬들이 일찌감치 몰려든 모양이었다. 호재는 소용도 없는 휴대폰을 거머쥐고 민아를 찾아다녔다. 지저분한 상투머리에 나달나달한 티셔츠를 입은, 까무잡잡하고 삐쩍 마른 애. 어디서든 눈에 확 띌 수밖에 없는 아이인데, 오늘따라 녀석을 찾기가 힘들었다.

이민아, 어디 있는 거야!

낭패감은 차츰 자책으로 변해 갔다.

내가 무슨 짓을 한 거야? 김호재 나쁜 새끼!

이어 자책이 걱정으로 변했다.

우리 민아 밟혀 죽은 거 아니야?

마지막으로 여자 화장실 앞을 기웃거리고 있을 때였다.

"김호재! 여기야!"

최근 극장판으로 개봉한 인기 애니메이션 시리즈 홍보 부스에서 민아가 손을 흔들고 있었다. 민아는 트랜스포머 경찰차와 트랜스포머 소방 헬기 사이에 서 있었다. 네이비색 스커트에 연한 분홍색 티셔츠를 받쳐 입고, 머리는 어깨 위로 차분하게 늘어뜨리고 있었다. 그 지독한 멀쩡함에 호재는 숨이 막혔다. 순간 핫도그 가게 앞에서 남자애가 뇌까리던 말이 머릿속에 울렸다. 귀엽잖아, 이민아!

그것도 잠시, 둘은 순식간에 수십 명의 여자아이들로 가로막히고 말았다. 오늘 무대 인사를 온다는 아이돌 출신 배우들의 팬클럽인 모양이었다. 호재는 대규모 누 떼의 질주에 맞선 한 마리 사자처럼 온몸으로 여자애들을 비집고 민아에게로 갔다. 드디어 가능성의 분기점에 도달한 것이다. 이제 우연을 가장하여 손만 잡으면 민아와는 결혼할 가능성이 아예 존재하지 않는, 안정적인 우주로 접어들게 된다. 하지만 호재는 선뜻 민아의 손을 잡지 못했다. 손을 잡아끌고 상영관으로 달리기만 하면 되는데 어쩐지 몸은 점점 뻣뻣해지고 호흡이 들쑥날쑥했다. 손을 잡은 건 민아였다.

"야! 나 봤어, 둘 다 봤어! 지수 오빠랑 세나 언니! 둘 다 얼굴 엄청 작고 신기하게 생겼어. 대박!"

민아는 배우들의 이름을 들먹이며 호재의 손을 잡고 폴짝거렸다.

그 뜨듯하고 보드라운 손을 뿌리쳐야 할 것 같은데, 이대로 있으면 뭔가를 잃어버릴 것 같은데 호재는 여전히 몸이 굳은 채였다. 흡 씨의 말대로 민아는 호재의 손이 남자의 손이 아니라 고무장갑이나 엄마의 손과 동급이란 걸 본능적으로 깨달은 눈치였다. 하지만 호재의 우주는…… 출렁이기 시작했다.

3.

"이런 경우는 또 처음이군요. 가능성의 분기점을 지난 이상 우주를 다시 설계하기란 불가능합니다. 애초에 제가 하는 일은 미래를 바꾸는 게 아니라 고객이 원하는 미래로 가능성을 몰아가는 것입니다."

홉 씨가 한숨을 쉬었다.

"그럼 민아랑은 정말로 가망이 없는 거예요? 아예? 1퍼센트도? 아, 시발!"

호재는 두 손으로 얼굴을 감싸며 홉 씨의 책상에 엎드려 버렸다. 홉 씨는 철퍼덕거리며 호재의 등을 두드렸다. 잠시 인간의 몸을 벗고 액체형 외계인의 몸으로 돌아온 모양이었다. 홉 씨의 몸이 호재를 적시지는 않았지만 호재는 홉 씨가 등을 두드릴 때마다 찬물을 한 대야씩 뒤집어쓰는 느낌이었다. 호재는 깜짝깜짝 놀라면서도 홉 씨가 하는 대로 잠자코 있었다. 이 비참한 순간에 그래도 저렇게 위로를 끼얹어 주는 존재는 전 우주를 통틀어 홉 씨밖에 없으니까.

"그래요, 사랑에는 변수가 있게 마련입니다. 그건 저도 압니다."

"홉 씨가 그걸 어찌 알아요?"

"저도 사랑하는 분이 있으니까요. 어릴 적부터 저는 역마살이 있었습니다. 그때는 그저 남들보다 우주여행을 좀 더 좋아할 뿐이라 생각했는데, 그게 아니었어요. 제가 광활한 우주를 떠돌아다닌 건 진리를 찾기 위해서였습니다. 그리고 마침내 우리 은하 변두리 항성계의 작은 행성에서, 그것도 이 대한민국 서울시의 다란시장 앞길에서 진리를 발견했습니다. 길이요, 진리요, 생명인 분을 찾았단 말입니다."

울음은 진즉 그쳤고 호재는 피로가 몰려오기 시작했다. 호재의 우주들이 원치 않는 방향으로 쪼개져 버린 마당에 길이 무슨 소용이며, 무슨 보험 상품도 아닌데 생명이 웬 말이며, 진리는 엄마의 고향 마을일 뿐이다. 인천 옹진군 덕전면 진리……. 하다못해 길거리 전도를 하는 아줌마들은 물티슈라도 하나씩 나눠 주는데 흡 씨는 주저리주저리 말만 길었다. 하지만 호재는 다란시장 즉석닭갈빗집 사장 아들이었다. 오늘 가게 앞을 무심히 스쳐 지나간 사람이 내일은 단골이 될 수도 있다는 게 엄마의 장사 철학이었다. 제아무리 사람을 피곤하게 하는 외계인이라 할지라도 막 대해서는 안 되었다. 호재는 솟구치는 하품을 가까스로 눌러 삼키며 흡 씨의 이야기에 반응해 주었다.

"그럼 흡 씨가 사랑한다는 분이 예수예요?"

"네. 그분이 제 존재의 이유입니다. 저는 그분을 영접하고자 이 먼 은하계 변두리 항성계까지 온 것입니다. 하지만 그분을 알고부터 세상은 모순투성이로 변해 가기 시작했습니다. 사랑의 속성이 이토록 불가해하고 가슴 미어지는 일인 줄 이제야 깨달은 겁니다. 호재 군이 맞닥뜨린 변수도 그런 게 아닐까 싶습니다."

호재가 아는 흡 씨는 유능한 점성가이자 미래 설계자였다. 흡 씨가 제시하는 해결책은 늘 명료했다. 하지만 '다중우주론에 기반한 미래 설계 및 가능성의 분기점 추출 장치' 옆에 두툼한 성경책이 놓이기 시작한 뒤로 흡 씨의 말이 텁텁해지고 있었다. 호재에게 필요한 건 저런 하나마나한 소리가 아니라 똑 부러진 해결책이었다. 그렇다고 다른 점집을 찾아갈 마음은 없었다. 애초에 호재가 믿고 의지한 건 점술이 아니라 흡 씨가 속한 문명의 힘이었다.

"흡 씨, 정말 방법이 없겠습니까? 민아랑 꼭 결혼하겠다는 건 아니지만 아예 가능성이 없는 건 싫어요. 딴 놈들이 민아한테 고백하는 것도 싫고, 민아가 나 말고 다른 사람이랑 손잡는 것도, 아 씨, 상상도 하기 싫다고요. 흡 씨는 지구랑은 비교도 안 될 만큼 문명이 발달된 곳에서 왔잖아요. 흡 씨네 고향의 기술이라면 그 정도 문제는 해결할 수 있을 거예요."

"물론 제 고향 문명에는 지구와는 다른 기술들이 축적돼 있죠. 하지만 제가 그 기술들을 이 자리에서 척척 꺼내 쓸 수 있는 건 아닙니다. 지구인으로, 특별히 21세기 대한민국 사람으로 비유하자면 저는 이 물파스를 가지고 조선시대에 당도한 사람일 뿐입니다. 모기 물린 조선인, 발목 삔 조선인에게 물파스를 발라 줄 수는 있지만, 21세기 대한민국의 다른 제약 기술은 모릅니다. 저는 기껏해야 분기점 추출 장치를 우주선에 실고 온 여행객일 뿐입니다. 이해가 되십니까?"

다시 인간의 모습으로 돌아온 홉 씨는 물파스를 코밑에 발랐다.

실낱같은 희망마저 사라져 버렸다. 호재는 색이 바랜 점집 소파를 만지작거렸다. 또 다른 우주가 존재한다는 게 정말 좋았는데……. 다른 인과들로 채워진 우주. 여기처럼 구질구질하지 않고, 호재가 1년 열두 달 해맑게 웃으며 뛰노는 곳. 하지만 이제 다 부질없었다. 그 우주들 어디에도 호재의 여자친구나 아내인 민아는 존재하지 않았다. 서울 근교에 호재 소유의 집도 있고, 엄마도 무한 리필 닭갈빗집 사장님이 돼 있겠지만 민아는 없다. 네이비색 치마에 연분홍색 티셔츠를 받쳐 입고, 그 쓸데없이 귀여운 모습으로 딴 놈이랑 팔짱을 끼고 있을 테니까.

이제 홉 씨의 점집에는 더 볼일이 없었다. 호재는 낡은 소파에서 일어났다. 그때였다.

"호재 군, 딱 한 가지 방법이 있습니다. 이 방법을 다른 항성계에서 시연한 게 알려지면 저는 고향 행성의 시민권을 영구히 박탈당합니다. 다시는 고향으로 돌아갈 수 없어요. 하지만 호재 군의 상처받은 얼굴을 두고 볼 수만은 없군요."

시민권 운운 하는 말에 호재는 마음이 무거웠다. 살면서 개미 한 마리도 죽인 적 없는 호재였다. 어릴 적 민아가 손끝으로 개미들을 눌러 죽일 때도 호재는 멀찍이 떨어져서 발만 동동거렸다. 호재의 표정을 읽었는지 흡 씨가 자리에서 일어났다.

"미안해하지 말아요. 본래 사랑이란 지독히 무모하고, 모순투성이니까요. 이해합니다. 전능한 신이 가장 유약한 인간의 모습으로 죽을 수 있는 게 사랑이죠. 그리고 신의 거룩한 말씀과 행적을 개차반들이 증언하는 것 또한 사랑의 속성이죠."

"개차반요?"

"네. 성직자들 열에 아홉은 쓰레기입니다. 저는 그 쓰레기들이 뜻도 모르고 짖어 대는 말에서 그분을 찾아낸 겁니다. 저는 호재 군의 사랑 또한 다르지 않다고 봅니다. 흔들리고 불안한 곳에서 그 빛나는 것을 찾을 준비가 됐다면 제가 도와드리죠."

4.

길고 차디찬 물의 터널이 어둑어둑한 골목에 호재를 뱉어 냈다. 호재는 황급히 제 몸을 더듬어 보았지만 젖은 데가 없었다. 역시 그 축축한 소용돌이는 흡 씨의 몸이 분명했다.

"과거로 돌아가는 겁니다. 그래서 가능성의 분기점들을 다시 설계하는 거지요. 그냥 시간 여행이라 생각하면 돼요. 과거로 돌아가 아주 작고 미미한 변화를 주는 겁니다. 그 소소한 변수가 불러들인 파급 효과가 새로운 가능성의 분기점을 만

들어 내면, 호재 군과 민아 양의 우주에도 새로운 가능성 하나가 생기는 겁니다. 시간의 터널을 지나면 일찍이 호재 군이 존재하지 않았던 공간으로 가게 될 것입니다. 거기서 한동안 머물다 오기만 하면 됩니다. 호재 군의 존재 자체가 이미 그 우주의 부담스러운 변수이기 때문에 다른 건 건드려선 안 됩니다. 무슨 일이 있어도 그 세계에 개입해선 안 됩니다. 호재 군이 그 세계의 일에 끼어들면…… 강력한 분기점이 형성되어 호재 군이 큰 혼란을 겪게 될 것입니다. 어쩌면 민아 양과의 추억들이 파괴될지도 모릅니다."

호재는 홉 씨가 들려준 이야기를 찬찬히 되짚어 보았다. 이해가 잘 안 되는 부분이 있었지만 호재는 홉 씨에게 부연 설명을 요구할 수 없었다. 말이 끝나기 무섭게 홉 씨의 몸이 커다란 파도가 되어 호재를 삼켜 버린 것이다. 홉 씨는 단순한 액체형 외계인이 아니었다. 홉 씨의 몸은 시공을 통과하는 통로였다.

호재는 주변을 두리번거렸다. 거긴 동네에서 멀지 않은 학원 골목이었다. 아이스크림 가게가 문을 닫은 걸로 보아 밤 11시가 넘은 시각이었다. 저만치 십대 후반쯤으로 보이는 남자 1, 2, 3이 어깨동무를 하고 걸어오고 있었다. 얼핏 학원을 마치고 친구들끼리 사이좋게 집에 가는 장면 같았다. 하지만 거리가 가까워질수록 어쩐지 셋 사이의 기류가 심상치 않았다. 가운데 어정쩡하게 낀 남자2는 남자1과 3에 비해 확연히 체구가 작은 데다 몸을 다친 듯했다. 호재는 남자1과 3이 남자2를 병원으로 데려가는 게 아니라 어디론가 끌고 가는 중이라는 데 지갑에 있는 돈을 다 걸 수도 있을 것 같았다.

남자2가 고개를 떨어뜨린 채 끙끙 신음 소리를 냈다. 그러자 남자1이 팔꿈치로 남자2의 옆구리를 쳤다.

"시바, 좀 조용히 걷자고."

호재는 뒷걸음질했다. 뭔가 께름칙한 사이가 분명해 보였지만, 상대는 고등학생 형들이었다. 호재가 나서서 뭘 어찌할 수 있는 상황이 아니었던 것이다. 하지만 흡 씨는 괜히 이 골목에다 호재를 던져 놓은 게 아니었다. 호재가 할 수 있는 일은 없지만 이 골목은 어떤 식으로든 호재와 관련이 있는 공간이었다.

"거기 가운뎃분 다친 것 같은데, 제가 신고해 드릴까요?"

웬 여자애가 툭 튀어나왔다. 휴대폰을 무슨 횃불마냥 치켜들고 있는 여자애는 이 어두운 골목과 호재의 연결 고리이자, 호재에게 시간 여행까지 하게 만든 장본인이었다.

"이민아……."

호재는 제 입을 틀어막으며 골목 그늘 속으로 잽싸게 몸을 숨겼다. 민아는 동네에서 흔히 보던 면 티에 반바지 차림이었다.

"번호 미리 찍어 놨어요. 통화 버튼 누르기만 하면 되는데. 아, 부상이 심한 환자랑 친구들은 112에 신고하는 거 맞죠?"

민아는 부상자와 남자1, 남자3을 향해 휴대폰을 흔들었다.

"아 씨, 저건 또 뭐야!"

남자1이 남자2를 남자3에게 확 떼밀고는 민아에게 다가왔다. 호재는 다리가 후들거리는 와중에도 흡 씨의 조언을 상기했다. 무슨 일이 있어도 그 세계에 개입해선 안 됩니다…….

그 말은 곧 이민아에게 무슨 일이 생기더라도 보고만 있어야 한다는 뜻이었다. 일이 틀어졌을 때 민아를 깨끗하게 포기했어야 했어. 이런 데는 오는 게 아니었다고! 후회가 물밀듯이 닥쳐 왔다. 그제야 호재는 자기가 왜 미래의 아내로 민아와 완벽하게 다른 사람을 설계했는지 기억해 냈다. 민아가 저런 아이이기 때문이다. 민아의 오지랖은 호재가 감당할 수 있는 수준이 아니었다.

남자1이 코앞까지 다가왔는데도 민아는 꿈쩍도 안 했다.

"폰 안 꺼?"

남자1이 손을 치켜들었다. 호재는 그늘에 숨어 이 일촉즉발의 상황을 구경만 하고 있었다. 이 세계에 개입하는 순간 많은 혼란이 일어나리라는 충고 때문이 아니었다. 믿는 구석이 있어서였다. 이 세계는 민아의 과거였다. 호재가 아는 한 민아가 최근에 부상을 입은 적은 없었다. 다소 위협적인 상황이긴 하지만 결국 민아는 별일이 없을 것이다.

"통화 눌렀어!"

민아가 소리쳤다.

"이런 시발!"

남자1이 민아의 손에서 휴대폰을 빼앗아 패대기쳤다. 휴대폰은 자잘한 파편을 튀기며 그대로 박살이 났다. 호재는 민아의 일주일 전 과거로 온 것이다. 휴대폰을 깨뜨린 일로 민아의 용돈이 끊겼다는 그날 말이다.

휴대폰을 부서뜨리고도 분이 안 풀렸는지 남자1이 민아에게 바특하게 다가섰다. 남자1은 민아보다 적어도 20센티미터는 커 보였다. 호재는 저도 모르게 그늘에서 튀어나오고 말았다.

"이민아!"

민아의 손을 잡아끌고 큰길 쪽으로 무작정 내달렸다. 사거리 편의점 앞에 이르러서야 호재는 민아의 손을 놓았다.

"너 돌았냐? 그 사람들이 누군 줄 알고 덤벼? 그 어둑어둑한 골목에서! 너 그렇게 남의 일에 설치고 다니다간 쥐도 새도 모르게 뒈지는 수가 있어."

말이 험하게 나갔다. 극장에서 마주친 민아가 너무 예뻐서 흡 씨에게 울고불고 매달린 끝에, 여기까지 온 호재였다. 하지만 이제 호재는 될 대로 되란 식이었다. 막상 과거로 와 보니 민아는 정말이지 구제 불능이었다.

"젠장…… 아무래도 안경을 맞춰야겠어."

가슴을 씨근덕거리며 호재를 쏘아보던 민아가 딴소리를 했다.

"뭔 소리야 그게?"

"넌 알 거 없고, 휴대폰이나 내놔."

민아가 손바닥을 내밀자 호재는 얼결에 제 주머니를 뒤졌다. 하지만 휴대폰은 없었다. 물의 터널이 호재를 삼킨 곳은 흡 씨의 점집이었다. 뜬눈으로 밤을 새운 호재가 월요일 아침이 되자마자 시장통으로 달려와 흡 씨의 점집 문을 두드렸었다. 점집에서 생활하는 흡 씨는 영업 시간이 아닌데도 기꺼이 문을 열어 주었고, 약 30분에 걸친 상담 끝에 자기 몸을 부풀려 호재를 덮쳤다. 그때 호재는 휴대폰을…… 점집 테이블에 올려 둔 상태였다.

"없는 거야, 아니면 아까워서 빌려 주기 싫은 거야? 짠돌이 같은 놈."

민아는 호재를 째려보고는 편의점으로 뛰어 들어갔다. 조곤조곤 아까 본 것들을 설명한 뒤, 민아는 편의점 전화로 경찰에 연락했다.

신고를 마치고 다시 찻길 쪽으로 나왔을 때 길 건너 식자재 마트 주차장 쪽 허공이 출렁이고 있었다. 출렁임은 이내 소용돌이로 변하기 시작했다. 호재가 돌아가야 할 시간이었다.

"야, 이민아. 내가 시간이 좀 급해서 얼른 말할게. 진짜 오랜 친구로서 충고하는데, 제발 남 일에 끼어들지 좀 마. 오지랖 좀 그만 떨라고."

그러자 민아가 호재의 가슴팍을 확 떠밀었다.

"남 일에 끼어든 적 없어! 김호재 넌 줄 알고 그런 거야!"

"뭐?"

"아까 끌려가던 사람 말이야. 그게 넌 줄 알았다고. 어둑어둑한 데서 보니까 너 같았어. 줄무늬 티셔츠도 네가 자주 입는 옷이랑 비슷하고, 키도 비슷하고, 생긴 것도 비슷해서 넌 줄 알았어. 김호재 네가 나쁜 사람들한테 끌려가는 줄 알았다고!"

민아는 눈물이 어룽어룽한 눈으로 호재를 쏘아보다 말고 돌아서서 가 버렸다.

호재는 민아를 쫓아가고 싶었지만 어느새 물의 터널이 열려 있었다.

"이민아…… 돌아가서 얘기할게."

호재는 찻길을 건너 마구 휘도는 물길 속으로 몸을 날렸다.

5.

월요일 아침 8시 11분, 흡 씨의 점집.

호재는 원래 있던 데로 돌아왔다.

흡 씨는 뭔가 복잡한 표정으로 호재를 보았다. 하지만 호재는 흡 씨의 잔소리를 들어 줄 여유가 없었다. 당장 민아를 만나야 했다. 민아는 호재를 구하려다가 휴대폰을 잃어버린 것이다. 그게 착각에서 비롯된 일이었다 해도 상관없었다.

학교로 달려가는데 엄마에게서 전화가 왔다. 밥도 안 먹고 튀어 나갔다고 일갈하는 엄마 목소리에 호재는 잠시 울컥했다. 미래를 설계할 것도 없었다. 지금 호재가 살고 있는 이곳도 그런대로 살 만한 곳이었다. 즉석닭갈빗집 사장인 엄마가 있고, 호재가 위험에 빠지면 물불 안 가리고 뛰어드는 민아가 있으니까.

민아는 8시 40분쯤 학교에 왔다. 민아네 교실 앞에 죽치고 있던 호재는 민아를 보자마자 달려갔다.

"야, 이민아……."

반가운 마음에 무작정 불러 세우긴 했지만 호재는 말문이 막혔다. 네 과거에 잠시 다녀왔다고, 네 진심을 알게 되었다고 말할 수도 없는 노릇이었다. 그렇다고 좋아한다고 고백할 상황도 아니었다. 호재는 민아의 눈만 보고 있었다. 길고 쌍꺼풀 없는 눈에 색이 옅은 눈동자. 민아의 눈이 이렇게 생겼었나. 누군가 민아의 눈에 대해 묘사하라고 시킨다면 호재는 간단명료하게 답할 것이다. 그건 내가 좋아하는 눈이야…….

어색한 침묵을 깬 건 민아였다.

"누구 찾아왔어? 내가 불러 줘?"

민아는 엄지로 자기 반을 가리켰다. 호재가 답이 없자 민아는 어깨를 으쓱해 보이고는 교실로 들어가 버렸다. 어쩐지 민아답지 않은 반응이었다. 평소 같았으면 고시랑고시랑 수다를 떨거나 배시시 웃으며 장난을 쳤을 민아였다.

민아의 낯선 반응은 종일 계속되었다. 복도와 급식실에서 마주쳐도 전에 없이 데면데면하게 구는 것이었다.

결국 학교가 끝나자마자 호재는 시장통 핫도그 가게로 달려갔다. 맞은편 즉석닭갈빗집에서 엄마가 불렀지만 호재는 민아네 엄마한테 급한 볼일이 있었다.

"아줌마, 민아 오늘 무슨 일 있어요?"

"그건 왜?"

"애가 하루 종일 말도 안 걸고, 사람을 봐도 반가운 척도 안 하고 이상했어요."

"난 또……."

민아네 엄마가 픽 웃으며 말을 이었다.

"너희가 언제는 웃고 장난치는 사이였니? 유치원 졸업한 뒤로는 같이 놀지도 않았으면서."

"네?"

그제야 호재는 일이 뭔가 잘못되었다는 걸 직감했다. 흡 씨의 경고들이 마디마디 되살아난 것도 그때였다. 호재는 흡 씨의 점집으로 뛰어 올라갔다.

흡 씨는 푸른 형광색이 도는 그물 같은 걸로 점집의 주요 물건들을 감싸고 있었다.

"짐을 꾸리고 있었어요. 점집 문을 닫아야 하거든요."

"왜요? 그럭저럭 장사가 된다고 해 놓고서."

"그분을 만나러 시간 여행을 떠날 생각입니다. 어차피 시간의 터널을 연 대가로 고향으로는 돌아갈 수 없는 처지가 됐거든요."

"미안해요, 저 때문에……."

"아침에도 말했지만 미안해할 필요 없어요. 선택은 제가 한 겁니다. 차라리 잘됐어요. 이제 미련 없이 그분께 갈 수 있게 되었으니까요."

"그분이 어느 시대, 어느 지역에 있는지는 확실히 아는 거죠?"

"시공을 초월한 분이라 연대기적, 지정학적 좌표를 설정하기가 참 어렵습니다. 그분으로 추정되는 분들을 하나하나 찾아가 보는 수밖에 없어요. 데이터상으로 볼 때 그분으로 추정되는 분이 작년에 서울을 다녀가셨어요. 사나흘쯤 머물다 가셨는데, 일단 그분부터 만나 볼 생각입니다."

"그렇게 유명한 분이 다녀갔는데 왜 아무도 모르는 거죠?"

"조용히 머물다 가셨거든요. 딱 한 번 사람들 앞에 나서긴 했죠. 길거리 전도를 하는 분들께 말을 걸고자 했어요. 하지만 다들 바쁜지 그분께 물티슈와 홍보 전단만 안겨 주고는 가 버리더라고요. 노숙자 느낌이 물씬 풍기는 외양이라 다들 그분을 몰라보는 듯했어요."

"그런데 홉 씨는 어떻게 알아본 거죠?"

"그분이 가능성의 분기점을 다루는 걸 봤어요. 가능성의 분기점들이 펼쳐질 때마다 늘 한 가지 원칙에 따라 선택을 하시더라고요. 세상 아이들이 한 명이라도 덜 다치는 쪽으로……. 그분은 저기 사거리에 서서 사람들을 지켜보다가 쓸쓸히 돌

102

아갔어요. 저는 그 시간으로 돌아가 그분을 따라갈 겁니다. 진짜 그분이라면 여쭤보고 싶어요. 왜 사랑이란 이토록 무모하고 모순투성이이며 남들 눈에는 보이지도 않는지……. 그리고 팔뚝과 종아리에 타박상이 있으신 것 같았는데, 거기다 물파스도 발라 드릴 겁니다."

흡 씨의 눈동자 너머로 물이 출렁이고 있었다.

호재는 그런 흡 씨에게 민아의 일을 따져 물을 수가 없었다. 다행히 흡 씨는 호재가 평일 낮에 점집을 찾아온 용건을 알고 있었다.

"호재 군이 과거에 개입하면서 호재 군과 민아 양의 현재가 바뀌었어요. 오늘 민아 양을 만나 봤으면 이미 아시겠지만……."

"그럼 난 어떡해요? 과거에서 만난 민아랑 오늘 학교에서 본 민아는 전혀 다른 사람이었어요."

그러자 흡 씨가 손끝으로 호재의 이마와 가슴을 차례로 건드렸다.

"호재 군은 여전히 같은 사람이죠."

그 말을 끝으로 흡 씨는 호재를 힘껏 안아 주었다.

흡 씨는 옅은 물파스 냄새를 풍기며 물의 소용돌이가 되어 사라졌다.

시장 골목으로 나온 호재는 민아네 핫도그 가게를 보았다.

"모짜렐라 핫도그 두 개 나왔습니다."

민아네 엄마가 손님에게 핫도그를 건네고 있었다. 가게 안쪽에 민아의 사진이 걸려 있었다. 사각모를 쓰고 망토를 두른, 유치원 졸업 사진이었다. 이 세계의 민아는, 딱 저 나이 때부터 호재와 멀어진 상태였다. 하지만 홉 씨 말대로 호재는 그대로였다. 어둑한 골목에서 호재를 구하겠다고 휴대폰을 치켜들던 민아를 기억하고 있었다. 극장에서 연예인을 봤다며 콩콩 뛰던 모습도 잘 새겨 두었다. 앞으로 온갖 가능성의 분기점들이 펼쳐지겠지만 호재는 민아를 찾아갈 생각이었다.

호재는 사진 속 민아와 눈을 맞추었다.

지켜봐. 무슨 일이 있어도 네가 있는 곳으로 우주를 몰아갈 테니까.

그날의 인간 병기

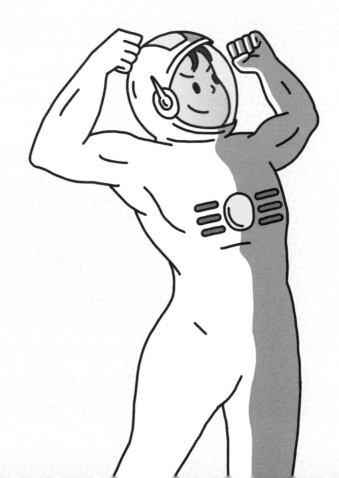

1.

"어쩌다 이런 일이……. 못 살아, 정말! 어떡해! 어떡해!"

담당 연구원 엘른은 연구 일지 모서리를 씹어 대다 말고 제 자리에서 콩콩 뛰었다. 경수는 습관적으로 뒤통수를 긁으려 했지만 헬멧 때문에 그마저도 할 수가 없었다.

"죄송해요. 벗겠습니다. 벗어서 제자리에 돌려놓을게요."

엄청 미안한 경수의 맘과 달리 헬멧 밖으로 울려 퍼지는 소리는 낮고 굵직한 기계음이었다. 그 소리가 또 엘른의 속을 긁은 모양이었다.

"너, 한 마디만 더 해 봐. 그땐 그냥 확!"

엘른이 손을 치켜들었다. 얼굴을 가리려고 경수도 손을 치켜들었다. 그러자 헬멧 안에서 경고음이 울려 퍼졌다.

삐삐삐! 방어 시스템 가동!

"으으윽! 놔, 이 자식아!"

엘른의 비명을 듣고서야 경수는 자신이 엘른의 손목을 비틀고 있다는 걸 알았다.

"어…… 미안해요."

경수는 얼른 뒤로 물러섰다. 키 160센티미터가 될까 말까 한 여자를 두고 과잉 방어를 한 건 절대 경수의 의지가 아니었다. 그건 경수가 입은 사이버웨어 T-998이 알아서 한 일이다. 오늘, 경수가 사이버웨어 개발업체 크롬소프트에 체험단 아르바이트를 하러 온 것부터가 화근이었다.

어제 저녁나절이었다. 용돈이 궁해 동네 전봇대의 전단지들을 기웃거리던 경수의 눈에 검은 정장 차림의 사내가 눈에 띄었다. 사내는 주변을 경계하며 전봇대에 뭔가를 붙이려 했다. 그 순간, 경수는 만성 용돈 부족에 시달리는 소년 특유의 직감으로 사내가 뭔가 위험하지만 큰돈이 되는 일을 물고 왔다는 걸 알아차렸다.

"그 일 제가 하겠습니다!"

경수는 그 모든 중간 과정을 생략하고 일단 그렇게 내질렀다. 놀란 사내의 손에서 팔랑팔랑 전단지가 떨어졌다. 전단지에는 '신개념 의복 체험자 구함'이라는 문구가 쓰여 있었다. 사내는 이내 침착해진 얼굴로 경수의 전신을 훑어보았다. 165센티미터, 55킬로그램 전후……. 사내는 경수의 신체 조건이 맘에 드는지 검고 납작한 물체를 경수의 턱에 갖다 대며 물었다.

"나이, 이름, 학교는…… 다니긴 하냐?"

경수는 턱에 닿은 물체가 신경 쓰였지만 차분하게 답했다.

"열일곱 살, 종대부고 1학년 고경숩니다."

경수의 말이 끝나자마자 사내는 물체를 거둬들여 확인했다.

"생물학적 나이 17세……. 어디 보자. 흡연자, 호흡기 염증 의심, 헬리코박터 수치 높고, 근육량은 하위 20프로. 음…… 신체 나이는 거의 예비역 말년차 수준인데?"

사내가 웃었다.

"좋다. 고경수. 내일 오후 5시까지 이곳으로 와라. 재정 상황이 아주 탄탄한 벤처기업이니까 걱정할 거 없다. 알바비도 네 나이의 애들이 할 수 있는 일 중에서 가장 센 축일 거다."

사내는 크롬소프트 명함을 주고 사라졌다. 그리고 약속대로 경수는 오늘 크롬소프트에 나타난 것이다.

신개념 의복 체험 지원자라는 사실을 알리자 다들 경수를 반갑게 맞아 주었다. 하나같이 경수의 몸을 훑어보면서 빙긋 웃기까지 했다. 경수는 그들이 바라던 신체조건에 완벽하게 부합하는 아이였다. 체험단 담당 연구원은 엘른이었다. 숱진 생머리를 치렁치렁 늘어뜨려선지, 가뜩이나 작은 키가 더 작아 보이는 여자였다. 엘른은 경수에게 신개념 의복이 무언지 알려 주었다.

"네가 입어 볼 옷은 신형 방호복이야. 어떤 생화학 테러나

핵 공격에도 끄떡없는 방호복을 만드는 게 우리의 목표야. 우린 오랫동안 그 일에 매달렸고, 마침내 그 결실을 얻었어."

엘른은 유리문 너머의 방을 가리키고는 다시 말을 이었다.

"이제 남은 건 인체 실험뿐이야. 너처럼 호흡기와 소화기가 약한 사람을 실험 개체로 택한 건 이번 방호복에 대한 크롬소프트의 자신감이 그만큼 높기 때문이야. 넌 걱정할 필요가 없어. 그냥 방호복을 착용하고 생화학 테러 시연실에 들어갔다 나오기만 하면 돼."

경수는 엘른의 말을 한 자도 놓치지 않고 새겨들었다. 엘른은 경수를 유리문 너머의 방으로 데리고 갔다. 그때 엘른의 휴대전화가 울리지 않았더라면, 상대가 엘른의 예비 남편이 아니었더라면, 엘른이 결혼식 초대장 디자인 문제로 성을 내느라 경수의 행동을 놓치는 일만 없었더라면!

하지만 그 모든 일은 일어났고, 경수는 엘른이 잠시 통화를 하는 사이, 신형 방호복 옆 칸에 걸려 있는 사이버웨어 T-998을 꺼내 입고 말았다. 경수는 당연히 T-998이 자기가 입어야 할 옷인 줄 알았다. 그 옆에 있는 형광 핑크색의 바디슈트를 보긴 했지만, 그건 당연히 여성용 방호복이려니 했던 거다. 경수가 입은 T-998은 테러 지역에 파견될 특수부대원들을 위해 제작한 전투복이었다.

일은 이렇게 된 거다. 엘른이 사태를 파악했을 땐 T-998의 특수 센서들이 경수의 신경을 파고든 뒤였다. 온몸이 주삿바

늘에 찔리는 듯한 고통에 시달리던 경수는 채 1분도 안 되어 몸이 가뿐해지고, 종아리와 등허리의 근육이 팽팽해지는 걸 느꼈다. 팔도 단단해지는 느낌이었다.

보통 옷이야 벗으면 그만이지만 T-998은 입은 사람 맘대로 벗을 수 있는 것도 아니고, 다른 사람이 벗겨 줄 수 있는 것도 아니었다. T-998의 통제 시스템이 24시간마다 한 번씩, 전투복을 착용한 본인에게 옷을 벗을 것인지 계속 입고 있을 것인지를 묻는 시스템이다. 특수부대원이 테러범에게 납치당해서 전투복을 빼앗기는 사태를 막기 위해 고안된 장치였다.

엘른은 아까부터 자기 머리를 쥐어뜯고 있었다. 경수에게 손목을 비틀린 뒤로는 이따금 험악하게 노려만 볼 뿐 경수 곁에 다가오지도 못했다. 잠시 후 머리가 희끗희끗한 연구원이 왔다. 엘른에게 보고를 받았는지 그는 경수가 저지른 일을 이미 아는 눈치였다. 그는 경수에게 이런저런 동작들을 지시했다. 경수는 켕기는 것도 있고 해서 사내가 시키는 대로 군말 없이 따랐다. 기마 자세, 점프, 뒤로 뛰기, 벽 타기 등을 차례로 해내면서 경수는 자기 몸이 변했다는 걸 실감했다.

"그나마 이 친구가 아직 어려서 다행이군. T-998의 메인보드는 뇌의 전두엽과 연결되는데, 이 친구는 아직 전두엽 발달이 완성되지 않은 시기여서 성인 군인에 비해 판단력과 전투력이 현저히 떨어지는 것 같아. 그러니 24시간 동안만 잘 감시한 뒤 전투복을 수거하면 돼."

24시간이란 말에 경수는 더럭 겁이 났다. 엄마한테 어디 간다는 말도 안 하고 왔는데 24시간 동안 감금돼 있으면 엄마가 걱정할 게 뻔하다. 모범생 같으면 실종 신고를 내고 경찰의 도움이라도 받겠지만 평소 경수의 행동거지로 봤을 때, 엄마는 24시간 동안 온갖 PC방을 뒤지며 울어 댈 터였다. 어쩌다 금란PC방에 들른다면 10만 원이 넘는 경수의 외상값 얘길 듣고 혼절할지도 모른다.

그 생각을 하자 눈물이 핑 돌았다. 불효했던 기억이 주마등처럼 경수의 뇌리를 스쳤다. 24시간 동안 무슨 일이 벌어질지 모른다. 그 사이에 전투복 부작용으로 죽을 수도 있고, 영화에서처럼 비밀 연구원들이 입막음 차원에서 피실험자를 죽여 버릴 수도 있잖은가. 경수는 갑자기 엄마가 너무 보고 싶었다.

"엄마…… 흐억흐억."

경수의 울음소리가 기계음이 되어 헬멧 너머로 울려 퍼졌다. 그제야 두 연구원은 경수가 아직 열일곱 살밖에 안 된 소년이라는 걸 깨닫고는 표정을 누그러뜨렸다.

"얘야, 울 일이 아니다. 널 해코지하는 일은 없을 거야."

나이 든 연구원이 말하자 엘른이 맞장구를 쳤다.

"그래, 울긴 왜 울어? 누나가 집에 보내 줄게. 울지 마. 대신 사람들에게 그 옷을 노출시키면 안 되니까, 24시간 동안 그 위에 헐렁한 면 티를 입고 있도록 해. 얼굴은 후드로 가린 다음, 절대 너희 집 밖으로 나와선 안 돼. 알았지? 그리고 이건

너의 안전을 위해서 말해 두는 건데, 우린 네가 입은 전투복의 위치를 실시간으로 파악하고 있다는 걸 기억해라."

이리하여 크롬소프트 관계자들은 차로 경수를 집까지 바래다주었다.

집에서도 한바탕 소동이 있었다. 경수를 강도로 오해한 엄마는 부엌 의자를 치켜들고 소리를 질러 대다가, 가까스로 헬멧 너머 경수의 얼굴을 확인하고는 한숨을 내쉬었다.

"하다 하다 이제는 애니메이션 코스프레까지 하니?"

경수는 엄마한테 무슨 말을 들어도 상관없었다. 무사히 자기 방으로 돌아왔다는 것만으로 행복했다. 경수는 침대에 드러누워 눈을 감았다. 일단 좀 자자…….

2.

두 시간째 멀뚱멀뚱 잠이 오지 않았다. 전투복이 딱딱해선지 전투복이 뇌를 계속 깨어 있게 만드는 건지 그 흔한 하품 한번 나오지 않았다. 평소엔 뒤통수가 어디 닿기만 하면 곧바로 잠이 들던 경수다.

"엿 같은 옷 땜에 잠도 안 오네."

경수는 툴툴대며 일어나 앉았다. 하지만 생각보다 기분도 컨디션도 괜찮았다. 평소보다 머리가 잘 돌아가는 느낌이 드는 게 모처럼 공부라도 해 보고 싶은 밤이었다. 경수는 책상 앞에 앉았다. 하지만 생사의 갈림길에서 무사히 살아 돌아온 걸 좀 더 만끽하고 싶었다. 결국 경수는 바퀴 의자를 살짝 옆으로 밀고 가 컴퓨터 앞에 자리를 잡았다.

게임 사이트에 접속하자 익숙한 이름들이 보였다. 희님미만잡, 폭행몬스터, 개놈프로젝트. 희대 일당이었다. 금란PC방에 경수 이름으로 외상값을 10만 원이나 쌓아 둔 원흉들이다. 평소 같으면 얼른 인터넷 창을 닫아 버렸을 텐데 오늘따라 마우스를 쥔 경수의 손끝에 힘이 들어갔다. 희님미만잡 희대가 알은체를 해 왔다.

- 왔냐?
- 그래, 왔다. 이 개자식들아.

아까까지만 해도 상상도 못 할 일이었다. 일진 형을 둔 희대에게 밉보였다간 고등학교를 무사히 졸업 못 할지도 모른다. 그건 종대부고 1학년이라면 누구나 아는 상식이다. 하지만 경수는 상식에 맞서, 지금 당장 희대 일당을 만나야겠단 생각이 들었다.

"이 새끼, 가만 안 둬."

경수의 말이 끝나기 무섭게 헬멧에서 안내음이 흘러나왔다.

전투 모드로 변환.

경수의 심장 박동이 빨라졌다. 절로 주먹이 쥐어지고, 손가락 마디마디 찌릿찌릿한 전류가 흐르는 것 같았다. 경수는 방문을 안에서 잠근 뒤, 창문을 열고 뛰어내렸다. 다세대주택 2층이기 때문에 웬만한 남자아이들은 다 뛰어내릴 수 있는 높이였다. 하지만 두 발이 땅에 닿는 순간 경수는 자신이 인간 병기로 변했음을 깨달았다. 주차장 시멘트 바닥에 착지하면서도 전혀 충격이 느껴지지 않았다.

경수는 곧장 골목을 빠져나가 사거리 건너 금란PC방까지 슉슉 바람을 가르며 내달렸다. 어쩌다 경수를 본 사람들은 헛것을 본 것처럼 주위를 둘레둘레하거나 소스라치며 주저앉곤 했다. 그도 그럴 것이 경수는 우사인볼트의 100미터 세계 신기록보다 두 배나 빠르게 달렸던 것이다.

드디어 금란PC방 앞.

희대 일당은 캔커피와 사발면 잔해들을 쌓아 놓은 채 게임에 몰두하고 있었다. 불그죽죽한 사발면 국물을 보자 경수는 주먹이 떨렸다. 놈들은 간식비를 고스란히 경수 앞으로 달아 놓는 것으로도 모자라, 중간에 사발면 정리 심부름까지 시키곤 했다. 경수는 희대 일당의 금란PC방 담당이었던 것이다. 하지만 그 모든 건 어제까지의 일이다. 지금 그들 앞에 있는 건 경수가 아니라 인간 병기 T-998이다.

그때였다. 카운터에 있던 대머리 사장이 경수를 손짓하며 불렀다.

"어이, 쫄쫄이. 배달 왔냐? 못 보던 놈인데? 여기 외부 음식 배달 금지니까 다음부터 오지 마!"

순간 경수는 제 머리를 더듬어 보았다. 헬멧이 느껴졌다. 방에서 급히 달려 나오느라 모자 같은 걸 챙겨 쓸 시간이 없었던 거다. 그래도 그렇지 인간 병기 T-998에게 '배달'이라니. 쪽팔린 기분에 슬며시 전투 의지가 사라지려는 찰나, 희대가 자리에서 벌떡 일어났다. 희대는 오줌이 마려운 듯 자꾸 바지를 추스르면서도 게임을 잠시 중단하는 게 맘에 걸리는지 모니터에서 눈을 떼지 못했다. 희대의 얼굴을 보자 전투 의지가 다시 불타올랐다. 이제 경수는 그 무엇도 참지 않기로 했다. 맘 가는 대로, 하고 싶은 대로 뭐든 할 참이었다. 지금 경수가 가장 하고 싶은 일은 PC방이 떠나가도록 소리를 지르는 거였다.

"으으으아아아아아악! 아악! 아악! 아아아악!"

그동안 참고 참느라 맘 깊이 눌어붙은 울분이 한꺼번에 터져 나왔다. 경수는 헐크가 왜 소리를 지르는지 알 것 같았다. 그건 심히 열받았다는 뜻이다. 경수가 악을 쓰는 소리가 기계음이 되어 헬멧 밖으로 퍼져 나왔다.

금란PC방에 있던 사람들의 눈길이 모조리 경수를 향했다. 헤드셋을 끼고 있던 사람들조차 휘둥그레진 눈으로 경수를 바라보았다. 경수는 사람들의 시선을 가르며 희대에게 다가갔다. 헬멧에 반사된 불빛 때문인지 희대는 제 앞에 선 사람이 경수란 걸 모르는 눈치였다. 경수는 한 방에 끝낼 작정으로 주먹을 치켜들었다. 그때였다.

"998! 멈춰!"

누군가 소리치며 경수에게 달려왔다. 엘른이었다. 경수는 위치를 실시간으로 감시하겠다던 엘른의 말이 떠올랐다. 엘른은 조심스레 경수의 손을 잡아끌었다.

"일단 여기서 나가자."

경수는 약속을 어긴 게 켕겨서 엘른을 따라갔다. 경수의 등 뒤에서 희대의 목소리가 울렸다.

"뭐야? 저 배달 누구야? 늬들도 봤지? 저 배달 자식이 나 치려던 거. 야, 우리 뭐 시켜 먹고 돈 안 낸 거 있냐? 혹시 있으면 고경수 앞으로 달아 놔."

금란PC방 앞에 검은색 승합차가 대기하고 있었다.

"일단 타라. 타서 얘기하자."

엘른이 경수를 승합차 쪽으로 잡아끌었다. 경수는 이대로 저들을 따라가선 안 된다는 걸 직감했다. 사이버웨어를 개발할 정도의 기술력을 가진 자들이라면, 간식 셔틀 전문 남자애 하나쯤 증발시켜 버리는 건 일도 아닐 것이다. 경수는 엘른의 손을 뿌리치며 길 반대편으로 냅다 뛰었다.

바람이 스쳐 지났다. 가끔씩 훤이와 들르곤 하던 떡볶이집 간판도 지나갔다. 긴박한 상황이지만 경수는 잠시 달리기를 멈추고 즉석떡볶이집 간판을 돌아보았다. 훤이가 자퇴한 뒤로는 한 번도 간 적 없는 곳이었다. 훤이 생각을 하자 당장에라도 금란PC방으로 돌아가고 싶었다. 희대 일당이 훤이를 그렇게 몰아세우지만 않았어도 훤이가 자퇴하는 일은 없었을 거다. 훤이와 함께일 때는 세상이 이리 무겁지만은 않았다. 외상값 셔틀만 해도 훤이가 있을 땐 반씩 나눠서 부담했으니까. 하지만 외상값보다 더 막막한 건 훤이의 빈자리를 보는 일이었다. 학교 음악실과 농구 코트에서, 동네 PC방과 분식집에서 경수는 훤이의 빈자리를 느꼈다.

크롬소프트 사람들이 쫓아오고 있었다. 경수는 다시 몸을 돌려 달아났다.

3.

경수는 동네 뒷산에 올랐다. 크롬소프트의 차량이 접근하기 어려운 곳을 찾다 보니, 떠오르는 게 약수터밖에 없었다.

컴컴한 약수터 앞에 주저앉았다. 주위는 오금이 저릴 만큼 어둡고 고요했다. 경수는 몸을 떨었다. 미친개나 멧돼지, 산에 은신하고 있을지도 모르는 탈옥수 따위를 겁내는 게 아니었다. 저쪽 수풀 어디선가 머리를 풀어 헤친 귀신이 자박자박 걸어올 것만 같았다. 귀신 앞에선 사이버웨어고 나발이고 아무 소용이 없을 터였다.

불안 수치 상승. 수딩테라피 시작.

안내음이 들리더니 잔잔한 기타곡이 흘러나왔다. 경수는 기타를 칠 줄 몰랐다. 또 지금 듣고 있는 곡이 누가 만들고 누가 연주한 곡인지도 모른다. 하지만 기타를 잘 치던 녀석 하나는 또렷이 기억났다. 훤이였다. 〈플라이 미 투 더 문〉이란 곡을 치고 또 치면서 아득한 하늘을 향해 눈을 치뜨곤 하던 녀석…….

훤이를 못 본 지 두어 달째였다. 마지막으로 찾아갔을 때 훤이는 칼을 손목에 대며 소리쳤다.

"한 발짝만 더 왔단 봐. 시바, 확 그어 버릴 거야."

자퇴를 한 뒤로 훤이는 제 방에 틀어박혔다. 달까지 날아가겠다고 기타를 퉁겨 대던 녀석은 온데간데없고, 훤이는 화장실에 갈 때를 빼고는 아예 방 밖으로 나오지 않았다. 경수가 찾아가도 마찬가지였다. 훤이는 경수마저 거부하고 있었다. 기타를 치며 피식 웃곤 하던 훤이는 사라지고 없었다. 덥수룩한 머리로 눈을 가리고, 누레진 이빨을 드러내며 으르렁거리는 훤이를 경수도 어찌할 수가 없었다. 그런데 오늘 밤, 경수는 훤이가 보고 싶었다. 걱정되는 게 아니라 사무치게 그리웠다.

경수는 제 손을 내려다보았다. 손에 밀착된 은색 장갑이 어둠 속에서 빛나고 있었다. 사이버웨어라면 훤이 녀석에게서 칼을 빼앗을 수 있을 거다……. 하지만 문제는 어떻게 크롬소프트의 추적을 따돌리고 훤이에게 가느냐 하는 거였다. 그들은 특수한 올가미나 마취총 같은 걸 들고서 T-998을 쫓고 있을지도 모른다. 그 생각을 하자 경수는 자신이 동물원에서 탈출한 맹수처럼 느껴졌다. 동물원에서 탈출한 말레이곰 이야기가 떠올랐다. 말레이곰은 9일 만에 생포되었다. 9일 동안 녀석은 수색대를 요리조리 따돌리며 잘 먹고 잘 지냈다 했다. 경수는 다시 힘이 솟는 걸 느꼈다. 곰이 해냈다면 인간 병기 T-998은 해내고도 남는다. 게다가 T-998은 9일까지 갈 것도 없다. 딱 하루면 된다. 훤이를 만나서 칼을 뺏고, 희대 일당을 흠씬 패 주면 끝난다.

일단 훤이에게 가기로 했다. 경수는 산을 풀쩍풀쩍 뛰어 내려가서 훤이네 동네로 달려갔다. 불 꺼진 재래시장 골목을 지나, 훤이네 엄마가 일하는 24시간 해장국집을 지나 마침내 훤이 집에 도착했다. 훤이네 집은 다세대주택의 3층이었다. 훤이 방에 불이 켜져 있는 게 보였다.

경수는 담을 훌쩍 넘고 계단을 뛰어올랐다. 현관문이 잠겨 있었다. 초인종을 누를까 생각도 했지만 훤이가 열어 줄 리 없으므로 가스 배관과 창틀을 디디며 외벽을 탔다. T-998은 경수의 모든 동작을 놀라우리만치 정교하고 안정되게 통제했다.

창문 너머로 훤이 방이 보였다. 훤이는 침대에 엎드려 있었다. 침대 아래쪽에 널브러져 있는 기타를 보자 경수는 눈물이 나려 했다.

"훤아, 창문 좀 열어!"

경수가 소리치자 훤이가 고개를 치켜들었다.

"아, 젠장. 저게 뭐야?"

두툼한 안경을 추켜올리며 눈을 끔벅거리던 훤이는 잰걸음으로 다가와 커튼을 쳐 버렸다.

"훤아, 나야. 경수. 빨랑 창문 좀 열어. 나 떨어진다, 새끼야!"

창문을 두드렸다. 잠시 후 커튼이 서서히 열리더니 훤이 얼굴이 나타났다. 훤이는 제 눈으로 보고도 못 믿겠다는 듯, 거의 단발이 된 머리채를 흔들었다.

"일단 이거 좀 열라고! 시간 없어."

경수가 다시 소리치자 훤이는 천천히 창문을 열었다. 경수는 그때를 놓치지 않고 훤이를 떠밀면서 방 안으로 몸을 날렸다. 훤이는 경수를 밀치고는 일어나 앉았다.

"너, 꼴이 그게 뭐냐?"

EBS 특선영화 속 미남 같은 헤어스타일에 때가 꼬질꼬질한 체육복 차림의 훤이가 물었다.

"남 지적할 때가 아닌 것 같은데?"

제주 은갈치 빛깔 광택 소재 쫄쫄이 점프슈트에 헬멧까지 쓴 경수가 되받아쳤다.

경수는 찬찬히 훤이의 방을 둘러보았다. 훤이의 살림살이를 하나하나 스캔하던 T-998은 책상의 두 번째 서랍을 향해 뚜뚜 경고음을 냈다. 훤이가 막을 새도 없이 경수는 책상 서랍을 열고 칼을 꺼냈다. 두 달 전 경수 앞에서 들고 설치던 붉은 손잡이 칼이었다.

분노 수치 상승! 목표물 공격!

안내음이 울리자마자 경수는 칼날을 둘둘 말아 버렸다.

훤이는 쿠킹포일처럼 말려 버린 칼날을 주워 들고는 소리쳤다.

"뭐 하는 짓이야? 이게 얼마나 요긴한 칼인데. 발바닥 각질도 떼 내고, 손톱도 파고, 컴퓨터 고칠 때 드라이버로도 쓰는 칼이란 말이야."

"그게 다가 아니니까 그러지! 생각 안 나? 내 앞에서 이 칼 들고 죽겠다고 설쳤던 거!"

"그거야 네가 자꾸 나를 끌어내리려고 하니까 그랬지. 나가기 싫다는데! 사람들은 내가 약하다는 걸 본능적으로 알아봐. 그리고 공격하지. 맹수들이 다친 동물을 목표물로 삼듯이 말이야. 다시는 포식자들이 우글대는 데로 안 갈 거야. 내가 미쳤어? 뜯어 잡수세요, 하면서 몸통을 내주라고? 난 절대 여기서 한 발짝도 안 나갈 거야."

"그래서 이 방은 좀 낫냐? 여긴 안전지대야?"

"네가 뭔 상관인데?"

"상관있지! 너…… 너만 숨으면 다냐? 숨어도 같이 숨고, 놀아도 같이 놀아야지."

"같이 놀아? 너랑? 미친 새끼. 너랑 다니다 내 인생이 똥 된 거 안 보여? 희대 같은 놈들이 알고 보면 의리는 있다며? 몇 번만 시키는 대로 하면 든든한 백이 돼 준다며?"

훤이가 눈을 부릅떴다.

경수는 목이 메었다. 희대 일당과 처음부터 확실히 선을 긋지 못한 건 경수의 실수였다. 유난히 몸집이 작은 경수에겐 몸집도 크고 리더십도 있어 뵈는 희대가 근사해 보이던 순간들이 있었다. 하지만 희대에 대한 기대는 모조리 착각으로 판명되었다. 희대는 다른 사람의 기분이나 상황 따윈 안중에도 없는 악랄한 착취꾼에 지나지 않았다.

"미안하다……."

그 말이 나오기 무섭게 헬멧에서 안내음이 흘러나왔다.

우울 수치 급상승. 수딩테라피 시작.

이번엔 피아노 연주곡이었다. 경수는 화가 나서 소리쳤다.

"시끄러! 치지 마! 치지 말라고! 땡땡거리지 말라고!"

경수가 제 머리, 아니 헬멧을 마구 쥐어박는 걸 보고 휜이가 어리둥절해할 때였다. 골목에서 누군가 외치는 소리가 들렸다.

"998 어서 나와라. 우리 대화 좀 하자."

엘른이었다.

"아, 진짜! 나, 가야 돼. 실은 나 말이야, 지금 인간 병기 상태야. 딱 봐도 알겠지? 왜 미드 같은 데 많이 나오잖아, 이런 거. 어쩌다 보니 내가 이 사이버웨어를 입고 그 상태가 됐어. 그러니까 지금 나는 경수가 아니라 T-998이라는 인간 병기야. 네가 봤어야 하는데. 나 아까 승합차보다 빨리 달렸다니까. 그런 건 HD 고화질 동영상으로 찍어 놔야 하는 건데."

"그럼 저 밑에서 부르는 사람은 누구야?"

훤이가 창문 너머를 가리켰다.

"저 사람들? 그러니까…… 이 옷 주인."

그러자 훤이는 떡진 머리를 쓸어 넘기며 입술을 씰룩거렸다.

4.

훤이네 집 뒷담을 넘어 다시 내달렸다. 차량이 접근하기 어려운 곳으로 갈 것. 같은 장소에 오래 머무르지 말 것. 경수는 나름대로 크롬소프트의 추격을 피할 방법을 터득했다. 엘른이 경찰을 부르지 않는 걸로 봐서, 크롬소프트 관계자들은 이 사이버웨어가 대중에 알려지는 걸 바라지 않는 모양이었다. 그러므로 경수는 엘른 일행만 따돌리면 되었다.

문제는 경수의 행동 패턴이 엘른에게 파악당했다는 것이다. 엄마, 희대 일당, 훤이 사이를 오가는 것 말고는 달리 갈 데도, 만날 사람도 없었다. 일이 꼬이다 보니 이 지경이 되었지만, 어쨌거나 경수는 도둑이 아니었다. 살면서 남의 팬티 한 장 탐낸 적이 없는 아이였다. 그러니까 지금 경수는 사이버웨어 T-998을 빌려 입은 상태였다. 경수는 문득 자신의 상황을 허심탄회하게 엘른에게 털어놓고 싶었다. 나는 나쁜 놈이 아니다, 어차피 지금은 옷을 못 벗지 않느냐, 벗을 수 있을 때 벗어주겠다, 그리 말하면 엘른도 이해해 주지 않을까?

옆 동네 선녀탕 앞에 다다른 경수는 선녀탕 굴뚝을 타고 올라갔다. 가느다란 철근을 엮어 만든 사다리는 어지간히 녹이 슬었는지 디딜 때마다 끼이끽 소리를 냈다. 10분쯤 굴뚝에 매달린 채 기다리자 엘른의 승합차가 도착했다.

"998 내려와라."

엘른이 허리에 손을 짚고서 소리쳤다 .

"엘른 누나, 저 도망 안 가요!"

자기를 좀 믿어 달라고 말하려는 거였는데 늘 그렇듯 경수는 말주변이 없었다.

"이게 도망가는 게 아니면 무슨 술래잡기라도 돼? 당장 안 내려와?"

엘른이 호통을 쳤다.

어떻게든 엘른을 설득해야 했다. 지금 경수에게는 T-998의 힘으로 꼭 해야 할 일이 있기 때문이다.

"제가 사용 후기를 말씀드리면 좀 도움이 될까요?"

"사용 후기? 네 녀석이 T-998의 사용법이라도 알아?"

"알죠, 그럼. 헬멧에서 계속 방송이 나온다니까요."

"그래, 입어 보니 어떤데? 네가 아주 대단한 사람이 된 것 같지?"

엘른이 비아냥거렸다.

"만족도는 별 두 개 반이에요. 잠도 안 오고, 배도 안 고프고, 겁나게 빨리 달리는 것까진 좋은데 생긴 게 맘에 안 들어요. 옷을 왜 이렇게 꽉 쪼이게 만들었어요? 이런 걸 테러 지역에 입고 나가면 오히려 테러범들 사기가 올라갈걸요?"

"그 디자인이 뭐 어때서? 외관은 미니멀리즘을 지향해 일체의 불필요한 장식을 생략했지만 내부적으로는 최첨단 기술들이 집약돼 있다. 그리고 색상은 제작 단계에서 다양화할 참이었다."

엘른이 발끈했다.

"알았어요, 알았다고요. 벗게 되면 바로 돌려 드린다니까요. 그러니 그때까지만 저 좀 내버려 두시면 안 돼요? 오늘 꼭 처리해야 할 일들이 있는데."

"나야말로 부탁 좀 하자. 그 일들은 내일 처리하고, 오늘은 얌전하게 우리랑 있어 주면 안 되니? 너, 그 옷이 얼마짜린 줄 알기나 해? 그 옷 한 벌 개발하는 데 들어간 돈이 수십억이야!"

수십억……. 애초에 10만 원 외상값 때문에 체험단 아르바이트에 지원했던 경수에게 수십억은 현실감 없는 액수였다. 그건 아마도 경수가 평생을 모아도 모으지 못할 액수일 거다. 그러니까 사이버웨어에 작은 흠이라도 생기거나 라면 국물이라도 튀면 경수 인생이 좋난다는 뜻이다.

"말끔하게 돌려 드릴테니까 저 좀 내버려 두세요. 엄마는 제가 코스프레 하는 줄 알아요. PC방 아저씨는 저보고 배달 왔냐 그러고요. 파워레인저도 아니고 누가 이런 쫄쫄이를 전투복이라 생각하겠어요. 누나가 날 쫓아다니는 게 더 사람들 눈에 띈다고요!"

경수 말이 효과가 있었는지 엘른은 한참이나 잠잠했다.

웬 야식 배달 스쿠터가 골목을 가로지르고 난 뒤 엘른이 입을 열었다.

"널 어떻게 믿니? 말썽을 피우고 약속까지 어긴 녀석인데."

"그럼 누나가 날 잡는다고 쳐요. 날 잡아서 어쩔 건데요? 곱게 집으로 돌려보내 줄 건 아니잖아요? 나도 그 정도는 안다고요."

"그래. 곧장 보내 줄 순 없어. 너한테서 옷을 회수할 때까진 우리가 널 보호할 거야. T-998과 널 위해서 말이야. 넌 그 옷의 기능도 다 파악 못 한 상태야. 네가 뭔가 잘못 작동하면 큰 소동이 벌어질 거야. 최악의 경우 사람들의 신고로 경찰이 출동해서 널 사살할 수도 있어."

사살이란 말에 경수는 다리가 후들거렸다.

경수는 원래 총을 싫어했다. 그래서 희대 일당이 즐겨하는 1인칭 슈팅 게임 같은 건 쳐다보지도 않았다. 경수는 훤이와 함께 농사짓고, 집 짓고, 짐승 키워서 내다 파는 롤플레잉 어드벤처 게임만 했다. 그런데 게임도 아닌 실제 상황에서 총질이라니……. 경수는 또 끄억끄억 울었다.

기계음의 울음이 선녀탕 굴뚝에 울려 퍼졌다. 엘른은 자기가 좀 심했다 싶었는지 아까보다 누그러진 목소리로 말했다.

"경수야, 알바비 두 배로 쳐 줄게. 제발 말 좀 들어라, 응?"

그 말엔 경수도 잠시 울음을 멈췄다. 원래 알바비가 얼마였는지 모르니 엘른이 말하는 액수가 정확히 얼만지는 알 수 없었다. 금란PC방 외상값을 치를 정도는 되지 않을까, 내심 기대가 되긴 했다. 그러다 문득 그 외상값은 희대 일당이 갚아야 한다는 생각이 들었다. 경수는 T-998 덕에 세상이 좀 단순해지는 느낌이었다.

벗기 싫었다. 빈약한 허벅지 라인이 그대로 드러나는 쫄쫄이여도 상관없었다. 경수에겐 T-998을 입은 채로만 할 수 있는 일이 있었다. 오랫동안 맨정신, 맨몸으론 해내지 못한 일들이었다.

경수는 훌쩍 몸을 던져 선녀탕 옥상에 착지한 다음, 다세대 주택 골목 옥상을 건너뛰며 달아났다. 기분이 다시 좋아졌다. 피할 수 없다면 즐겨라! 벗을 수 없다면 입고 놀아라!

엔돌핀 수치 상승. 다리 근육 파워 업!

헬멧이 일일이 알려 주지 않아도 경수는 다리가 더 강해지는 걸 느낄 수 있었다.

"야호!"

경수는 소리를 지르며 동네를 돌고 돌았다.

희대 일당은 자정 무렵에 동네로 돌아올 터였다. PC방에서 나와 야식을 먹고 느직느직 귀가하는 게 그 녀석들의 일과였다. 특정 장소로 그 애들을 찾아가 보았자 엘른이 쫓아올 게 뻔하므로, 경수는 동네를 뱅뱅 돌며 희대를 기다리기로 했다.

옥상 길을 따라 달려서 좋은 점은 엘른의 승합차가 어디쯤 있는지 눈으로 확인할 수 있다는 사실이었다. 경수의 본래 시력은 0.7 정도였지만 T-998 덕에 지금은 사거리 근처 간판들은 물론, 사거리 저편 편의점에서 딸기우유를 사 들고 나오는 여고생의 표정까지 다 보였다. 귀엽고 풋풋한 밤이었다. 경수는 골방에 틀어박힌 장발남에게도 이렇듯 탁 트인 세상을 보여 주고 싶었다.

5.

"또 왔니?"

휜이가 짜증을 냈다.

경수는 잠시 망설이다 휜이를 한 팔로 감아 안았다. 혹시 성장판이 확 열려서 키가 190센티미터까지 자란다면 여자 친구를 한 팔로 안아 보고 싶은 로망은 있었다. 하지만 인생은 뜻대로만 되지 않는 법…… 경수는 냄새나는 단발머리 휜이를 안고 옥상으로 올라갔다.

"야, 안 내려놔? 죽을래?"

휜이가 악을 썼지만 좀 더 안전한 옥상으로 이동할 때까진 단 1초도 멈추지 않았다. 선녀탕과 건너편 옥상 사이의 허공을 가를 땐 휜이가 부들부들 떠는 게 느껴졌다. 희대네 동네 골목 어귀가 내려다보이는 옥상에 이르자 경수는 미련 없이 휜이를 바닥에 내동댕이쳤다.

"아이고 팔이야."

경수는 지금껏 훤이를 안고 있었던 오른쪽 팔을 붕붕 돌리며 근육을 풀었다.

"어떻게 된 거야? 너 혹시 본드 같은 거 했냐?"

훤이가 비틀비틀 일어서며 물었다.

"쯧, 뭔 소리! 말했잖아. 난 지금 그냥 경수가 아니라 인간 병기 T-998이라고. 오늘을 기억해 둬. T-998이 희대 일당을 어떻게 처단하는지 잘 보라고."

"너 설마…… 희대를 죽이려는 거야?"

훤이가 떨리는 목소리로 물었다.

"미쳤냐, 새끼야. 인간 병기 노릇은 오늘로 끝. 내일부터는 종대부고 1학년 고경수로 돌아가야 돼. 난 그냥 희대에게 다짐을 받아 내고 싶은 거야. 금란PC방 외상값을 갚겠다, 다시는 경수와 훤이를, 아니 다른 애들을 괴롭히지 않겠다! 이렇게 말이야."

"네가 입은 그 옷이 그렇게 대단한 거야? 찌질이 고경수가 희대를 상대할 정도로?"

훤이가 경수의 팔뚝을 만지작거리며 물었다. 경수는 고개를 끄덕였다.

자정 무렵, 경수의 예상대로 희대 일당이 골목 어귀에 나타났다.

"넌 여기 있어."

경수가 옥상 아래로 뛰어내릴 준비를 하며 훤이에게 일렀다.

"왜 이래? 나도 가야지. 오늘 일을 잘 보고 기억해 두라며. 네가 갑자기 납치하는 바람에 안경도 못 쓰고 나왔단 말이야."

과연 훤이의 얼굴에 신체 일부처럼 붙어 있던 안경이 보이지 않았다. 하는 수 없이 경수는 훤이를 끌어안고 뛰어내렸다.

"넌 벽 그늘에 숨어서 지켜 봐. 괜히 거치적거리지 말고."

경수는 훤이를 벽 쪽으로 몰아세워 놓고 희대에게 갔다. 희대는 아무것도 모르고 건들건들 걸어오고 있었다.

"잠깐! 나 좀 보자."

경수가 희대를 불렀다.

"뭐야, 아까 그 배달이잖아?"

희대는 얼굴을 찌푸리며 뒤로 물러섰다.

"이름 박희대. 종대부고 1학년. 금란PC방 외상값 10만8천 원. 최훤 학생을 괴롭혀 자퇴에 이르게 한 주동자. 그러고도 사과 한 마디 않는 철면피 자식."

"너…… 너 뭐야?"

희대의 목소리가 떨렸다. 평소 희대의 왼팔, 오른팔을 자처하던 두 녀석은 벌써 내뺄 기미를 보였다. 경수는 멋지게 자기를 소개할 말을 속으로 생각하고 있었다. 하지만 어느 틈엔가 훤이가 옆에 와 있었다.

"네 앞에 서 있는 건 인간 병기 T-998이다. 나 최훤이 오늘을 기다리며 개발한 살인 병기지. 너 오늘 한번 죽어 봐라.”

훤이는 경수를 희대 앞으로 슬쩍 떠밀었다. 경수는 훤이의 능청스러운 거짓말에 놀랄 틈도 없이 희대와 거의 코를 맞대고 섰다. 다행히 골목이 어두침침해서 희대는 제 눈앞에 있는 게 경수라는 걸 모르는 눈치였다.

에라, 모르겠다! 경수는 일단 희대의 허리를 감싼 뒤 다세대주택 벽을 타고 달렸다. 항상 거느리고 다니는 두 명의 똘마니 때문인지, 일진으로 알려진 녀석의 형 때문인지, 철옹성 같기만 하던 희대였다. 하지만 지금 경수의 손에 붙들린 희대는 물컹한 살덩어리일 뿐이었다. 경수가 그랬던 것처럼 때리면 멍이 들고 찌르면 주춤주춤 물러나는 열일곱 살짜리 살덩어리……

인간 병기에게 붙들린 채 파쿠르를 하느라 얼이 빠진 희대가 꿍꿍 앓는 소리를 냈다. 경수는 희대를 남의 집 창틀에 걸어 놨다가 다시 내려 주길 반복했다. 맘 같아선 마구 두들겨 패고 선녀탕 굴뚝에 처박아 버리고 싶었지만 경수는 희대를 훤이 앞에 데려다주었다. 암만 해도 마무리는 훤이의 몫 같았다.

다리가 풀린 희대는 바닥에 주저앉아 버렸다. 다른 두 놈은 어느 틈엔가 사라지고 없었다.

“다시 데려왔습니다. 마지막은 마스터께서 알아서 하시지요.”

경수가 휜이의 옆구리를 슬쩍 찌르며 말했다.

"오…… 오냐."

휜이는 엉거주춤 희대에게 다가가 쪼그려 앉았다.

"박희대, 사과해!"

휜이가 말했다.

희대는 겨우 고개를 들어 휜이를 보았다. 눈이 마주치자 휜이는 감정이 북받치는지 희대의 멱살을 틀어쥐었다.

"이 새끼야, 사과하라고!"

"미…… 미안해."

목소리 끝이 갈라지던 희대가 흐득흐득 울기 시작했다.

"아, 젠장. 하나도 안 통쾌해."

휜이는 희대를 힘껏 걷어찬 다음 골목 저편으로 가 버렸다.

"박희대, 영원히 널 감시하겠다. 두 번 다시 종대부고 아이들을 괴롭히지 마라. 그리고 금란PC방 외상값은 네가 갚아라. 고경수는 돈이 없다."

경수는 마지막으로 희대를 들었다 내려놓았다.

6.

경수는 얌전히 승합차에 올랐다. 자기가 생각해도 지은 죄가 많아서 엘른의 눈을 똑바로 쳐다볼 수 없었다. 그나마 휜이가 승합차에 같이 타 준 게 위로가 되었다.

"나 안 데려가면 T-998이 뭔지 인터넷에 확 올려 버릴 거예요. 이미 동영상까지 찍어서 안전한 장소에 보관해 놨다고요."

휜이의 되지도 않는 거짓말이 의외로 먹혔던 거다.

둘은 크롬소프트 회의실에 감금되었다. T-998을 벗을 시간이 될 때까지 모든 출입과 면회가 금지되었다. 경수가 울고불고 벽을 타고 구른 덕에 그나마 엄마에게는 연락해도 좋다는 허락을 받아 냈다. 기계음을 내는 경수 대신 휜이가 전화를 걸었다.

"아줌마, 경수 오늘 우리 집에서 자고 간대요."

휜이가 전화를 끊자 경수가 물었다.

"뭐래?"

"씻나락 까먹는 소리 그만하고 집에 오래."

엄마가 그렇게 나오리란 걸 경수는 예감하고 있었다. 하지만 일단 휜이랑 함께 있다는 걸 알렸으니 성은 내더라도 PC방을 돌며 울어 댈 일은 없을 터다. 엄마 일까지 해결하고 나자 경수는 슬그머니 내일 일이 걱정되었다. T-998이 아닌 고경수로 돌아간 뒤에도 희대를 상대할 수 있을까? 희대가 오늘 밤의 일을 복수하려고 벼르는 건 아닐까?

불안 수치 상승. 수딩테라피 시작.

띵 띠리링 띠링 띠리리링, 오르골 소리가 헬멧 안에 울렸다.

경수는 오르골 소리를 들으며 제 손을 내려다보았다. 은색 장갑에 싸인 두 손의 감각이 희대를 기억하고 있었다. 그 무르고 따뜻하던 살덩이. 그렇다면 T-998이 아니라 고경수의 몸으로도 한번 부딪쳐 볼 만하다는 생각이 들었다. 희대의 신화는 그렇게 막을 내렸고, 오르골 연주도 그쳤다.

서너 시간 뒤 엘른이 와서 각서를 쓰게 했다. 각서 내용은 사이버웨어 전투복에 관한 일을 함구하겠다는 거였다. 만에 하나 약속을 어길 시 알몸으로 생화학 테러룸에 가둬 버리겠노라 했다. 둘은 순순히 각서를 쓰고 지장을 찍었다.

마침내 경수가 T-998을 입은 지 24시간이 지났다. 아까부터 초조하게 시계만 쳐다보던 엘른의 눈이 반짝거렸다.

"고경수, 드디어 때가 왔다."

과연 헬멧에서 안내음이 나왔다.

T-998을 벗으시겠습니까?

"그래, 벗을게. 벗는다고."

말이 떨어지자마자 온몸의 잔털을 잡아 뜯는 것 같은 고통이 엄습했다. 경수는 머리를 감싸 쥐고 바닥에 나뒹굴었다. 그러다 어느 순간 전투복과 헬멧이 헐거워져 있었다. 경수는 미련 없이 전투복을 벗어 버리고 알몸이 되었다. 하루 전날, T-998을 입기 전 경수는 팬티를 벗을까 말까 궁리하다 아무래도 벗는 게 낫겠다는 결론을 내렸던 것이다.

경수의 알몸을 보고 엘른이 눈을 질끈 감으며 등을 돌리지만 않았더라면, 얼른 회의실 탁자 뒤쪽으로 꺼지라고 소리치지만 않았더라면, 그 일은 일어나지 않았을 것이다. 다시 눈을 떴을 때 엘른의 눈앞에는 여전히 T-998이 서 있었다. 하지만 경수는 저쪽 탁자 뒤에 멀뚱히 서 있을 뿐이었다. 엘른은 놀란 눈으로 다시 T-998을 보았다. T-998의 헬멧 아래로 단발머리 몇 가닥이 나와 있었다.

"최휜?"

엘른이 소리쳤다.

하지만 휜이는 헬멧과 슈트를 살피느라 엘른의 목소리는 귀에 들어오지도 않았다.

"탈출 기능도 있어?"

휜이의 목소리가 걸걸한 기계음이 되어 흘러 나왔다. 헬멧이 안내음을 내보낼 타이밍이지만 엘른과 경수에게는 들리지 않았다. 헬멧의 안내음은 T-998만 들을 수 있는 거였다.

"누나, 서울 몇 바퀴만 날고 올게요!"

휜이는 말이 끝나기 무섭게 크롬소프트 건물의 벽을 뚫고 달아났다.

엘른은 휜이가 뚫어 놓은 벽을 지나 휜이를 쫓아갔다. 경수도 엘른을 뒤따랐다. 큰 방 세 개를 지나자 한 벽면이 통째로 유리벽인 방이 나왔다. 유리벽 한가운데 구멍이 나 있고, 그 너머 아득한 하늘에 T-998이 날아다니는 게 보였다. T-998은 달까지 날아갈 기세였다.

알파에게 가는 길

1.

미카의 세상은 흑백이었다.

명도 차이만 있는 하얗고 까만 것들의 조합, 그거면 충분했다. 색상과 채도는 필요 없었다. 대체 인간인 미카에게 무언가를 본다는 일은 방향과 좌표에 따라 공간을 스캔하는 작업이었고, 색상과 채도는 이 작업을 복잡하게 만들 뿐이었다. 어차피 속속들이 인지하고픈 대상도 없었다.

흑백의 공간에선 잠시 움직임을 멈춘 것들과 정물을 구분하기 어려울 때가 있었다. 미카가 윤 씨의 존재를 한참 후에 알아차린 것도 그 때문이었다. 어두운 색 옷차림으로 호숫가 나무 밑에 서 있는 윤 씨가 그늘의 일부로 보였던 것이다.

"이거 이거, 경계를 너무 늦춘 거 아닌가?"

윤 씨가 그늘을 나서며 혀를 찼다.

"시각장치를 흑백 모드로 변환한 게로군. 대체 인간의 고약한 취미 생활을 방해할 생각은 없지만, 앞으로 이틀간만 각별히 조심하게."

"네? 설마……?"

"그래, 출발일이 정해졌네. 이틀 후에 떠날 테니 그리 알게. 신변 정리 같은 건 필요 없으니 평소처럼 생활하도록 해. 회사에는 무급 장기 요양을 신청하게. 그럼 모레 저녁 7시, 카페 르퀸에서 보도록 하지."

윤 씨는 대체 인간을 메가시티-셔을 밖으로 탈출시키는 브로커였다. 대가는 가상 화폐 5만 페눅스. 미카는 지난 6년간 월급의 절반을 윤 씨에게 꼬박꼬박 송금했고, 몇 달 전에 마침내 계약된 액수를 다 채웠다.

미카가 가려는 곳은 대체 인간들이 '늪지'라 부르는 곳이었다. 거긴 원자력발전소 붕괴 사고로 버려진 피폭 지역이었다. 인간의 발길이 끊긴 그곳에 대체 인간들이 모여 산다는 소문은 지금껏 미카를 지탱한 힘이었다. 어떻게든 살아남아서 늪지로 갈 거야! 늪지에선 인간인 척 연기할 필요도 없고, 현상금 사냥꾼을 피하느라 전전긍긍하지 않아도 될 것이다.

윤 씨가 떠나자 미카는 호숫가를 따라 뛰었다. 대체 인간이 조깅으로 얻을 수 있는 신체적 이점은 없었지만 미카는 날마다 퇴근 후에 호수 둘레길을 서너 바퀴씩 뛰었다. 대체 인간에겐 필요 없는 일들을 주기적으로 수행할 것. 그건 인간들 틈에 숨어 살기 위한 생존 비법이었다. 하지만 이 방어적인 일상도 이틀 후면 끝이 난다.

해가 뉘엿해졌는데도 미카는 흑백 모드를 유지했다. 짙은 음영이 주는 황량한 느낌은 지금껏 이 도시가 미카에게 드러낸 위협과 불친절함과도 어울렸다. 미카가 처음 시각장치를 흑백으로 바꾼 건 몇 년 전, 친구 R이 죽던 날이었다. 현상금 사냥꾼에게 꼬리가 밟힌 R은 분수대 근처 광장에서 경찰에 포위당했다. R은 무릎을 꿇으라는 경찰의 명령에 불복했고 미카의 눈앞에서 머리가 박살났다. 그날 저녁 뉴스는 R의 사건을 짤막하게 보도했다.

경찰에 저항하던 대체 인간 도망자, 현장에서 폐기되다…….

그날 미카는 슬퍼도 울지 못하는 자신이 싫었다. 대체 인간의 삶과 죽음이, 인간에겐 그저 생산과 폐기의 과정일 뿐이라는 사실도 역겨웠다. 그날 저녁, 미카는 시각을 흑백 모드로 변환해 버렸다. 메가시티-셔을의 색깔만 지워 버린 건 아니었다. 미카는 자신의 기억도 손보았다. 인공 뇌에 저장된 기억 데이터들의 색깔도 날려 버린 것이다. 흑백 필터를 거친 기억과 풍경은 낡은 영상 기록물 같았다. 미카는 가끔씩 남의 인생을 구경하듯 그 데이터를 들여다보곤 했다.

하지만 느닷없이 색깔이 되살아났다.

조깅을 마친 미카가 동네 슈퍼 앞을 지날 때였다. 슈퍼 건물 3층 태권도장에서 웬 꼬마가 미카를 불렀다.

"아저씨, 혹시 도복 입고 안경 쓴 애 숨어 있는 거 보여요?"

꼬마들이 요란하게 숨바꼭질을 하는 모양이었다.

미카는 꼬마를 뒤로 하고 급히 자리를 떴다. 머리가 깨질 듯이 아파왔기 때문이다. 이제껏 미카가 겪어 보지 못한 강한 두통이었다. 대체 인간이 통증을 느끼는 것도 이례적인 일이지만 진짜 문제는 따로 있었다. 흑백의 세상을 뚫고 나온 색깔……. 기억 재생장치도 시각정보 처리장치도 여전히 흑백 모드인데, 불쑥 색감을 가진 기억이 떠오른 것이다. 명백한 오류였다.

2.

누군가가 미카를 부르는 장면으로 시작되는 기억이었다.

"너! 거기서 기다려! 혼자 내뺐다간 가만 안 둬!"

웬 여자아이가 담벼락 위에서 소리를 질러 대고 있었다. 청바지에 노란색 니트를 받쳐 입고 흰 운동화를 신은 아이였다. 여자애는 골목의 착지 지점을 가늠하며 담장 위를 바장이고 있었다. 하지만 담은 그 애가 선뜻 뛰어내리기엔 높았다.

미카가 손을 내뻗자 여자애가 짜증을 냈다.

"너랑 나랑 체격 조건은 똑같은데, 왜 운동신경은 베타 네가 더 뛰어난 거야? 이거 잘못된 거 아니야?"

대답 대신 미카는 손을 더 높이 뻗었다. 그러자 여자아이는 제 손을 미카 쪽으로 뻗으며 담에서 뛰어내렸다. 출처를 알 수 없는 기억은 거기서 끝이 났다.

그 데이터는 미카의 기억이 아니었다. 물론 베타라는 이름은 낯설지 않았다. 그건 미카를 비롯한 세상 모든 대체 인간들의 이름이니까. 누군가를 대신하기 위해 만들어진 존재, 베타…….

미카에게도 누군가의 베타였던 시절이 있었다.

미카는 과수원집 노부부의 양자로 입양된 대체 인간이었다. 노부부에겐 오래전에 교통사고로 세상을 떠난 아들이 있었는데, 미카는 그 아들의 모습을 본뜬 대체 인간이었다. 미카는 노부부를 엄마 아빠라 부르며 10여 년간 함께 살았다. 지금도 미카는 엄마 아빠에 관한 데이터를 고스란히 간직하고 있었다. 태풍이 지나간 다음 날 혀를 차며 낙과를 주워 담던 엄마, 사과밭에 약을 칠 때는 바람을 등지고 서야 한다던 아빠. 하지만 노부부가 차례로 세상을 떠나면서 미카의 행복도 끝이 났다.

법적 후견인이 없는 대체 인간은 폐기 처분이 원칙이었고, 미카는 닥쳐올 죽음을 피해 도망쳐야 했다.

대체 인간 전문 엔지니어인 악차이 영감의 도움으로 얼굴과 목소리를 바꾼 다음 미카는 도시의 노동자가 되었다. 그 뒤로도 2년마다 신체를 리뉴얼했지만 과수원집의 기억만큼은 소중히 지켜 왔다. 하지만 흑백으로 필터링된 옛 기억 어디에도 노란색 니트 차림 여자아이는 없었다.

느닷없이 색감이 되살아난 것도 이상했지만 내용 자체도 오류였다. 미카는 처음부터 20대 남자의 몸으로 제작된 대체 인간이었다. 그러니 기껏해야 열대여섯 살로 보이는 여자아이와 신체 조건이 일치할 리도 없었다. 손만 해도 그랬다. 담장 위의 여자아이에게 내뻗던 손⋯⋯. 분홍색의 자잘한 손톱이 있던 그 손은, 미카가 한 번도 가져 본 적 없는 아이의 손이었다.

다음 날 아침, 미카는 여전한 통증 속에서 눈을 떴다.

브로커 윤 씨의 지시대로 회사에는 무급 장기 요양을 신청한 다음, 미카는 6년 만에 고향으로 향했다. 도망자 신세가 된 후로는 한 번도 찾지 않았던 곳이다. 하지만 메가시티 탈출을 앞두고 마지막으로 그곳에 가 보고 싶었다. 어쩌면 그 여자아이에 대한 단서를 얻을 수 있을지도 모른다.

미카는 한 시간 가까이 버스를 타고 메가시티 변두리의 농장 지대로 갔다. 구릉에 자리한 작은 마을과 실개천, 끝도 없는 사과밭, 동네 사람들이 사과즙을 짜고 사과주를 빚던 간이 공장, 술만 마시면 동네가 떠나가라 노래를 부르던 옆집 아주머니⋯⋯. 눈을 감고 옛 기억들을 재생시키는 사이, 버스가 고향 마을로 접어들었다.

하지만 익숙한 풍경은 온데간데없고 간이역과 카페, 선로가 그 자리를 꿰차고 있었다. 처음에는 미카도 사과밭이 있던 자리에 선로가 들어섰나 보다 했다. 하지만 녹슨 선로와 박물관으로 개조된 간이역에서 묵은 세월이 느껴졌다. 박물관 벽에 붙은 기록 사진에 따르면 간이역과 선로는 백 년 전부터 이 자리에 있었다. 미카의 기억과 눈앞의 실재는 완벽한 모순이었다. 하지만 둘 중 하나가 오류라고 섣불리 단정 짓기는 일렀다.

미카는 간이역 옆에 있는 카페로 갔다. 관광객을 상대로 커피와 간단한 식사, 기념품 따위를 파는 카페였다. 카페 주인이라면 뭔가 알고 있을지도 몰랐다.

"이 근처에 있던 사과밭은 다 어떻게 됐어요?"

그러자 카페 주인은 미카를 카페 주방으로 끌어 들였다.

"너 대체 인간 도망자 맞지? 머릿속에 싸구려 데이터를 욱여넣고는 처음부터 있지도 않은 사과밭을 찾아오는, 그 지긋지긋한 놈들 말이다. 나도 소란 피우고 싶지 않으니까 조용히 알아서 꺼져!"

흑백 모드의 시야에서, 카페 주인 얼굴에 검은 선들이 꿈틀거렸다. 깊게 팬 주름들이었다.

미카가 눈으로 확인한 것과 카페 주인의 증언은 일치했다. 사과밭은 없었다. 말문이 막히는 상황이었지만 미카는 카페 주인에게 물어야 할 게 하나 더 있었다.

"제가 도망자라는 걸 알면서 왜 신고하지 않는 거죠?"

"인공 기억이란 걸 만들어서 네놈들에게 팔아먹는 장사꾼들이 있지. 그중에서도 36번 인공 기억, 사과밭 어쩌고 하는 가짜 기억을 만든 놈이 내 아들이다. 그 녀석이 지금껏 한 짓 중에 두 번째로 멍청한 짓이었지. 그놈이 벌인 가장 멍청한 짓은…… 사과밭의 가상 GPS 좌표에 하필 이 간이역의 좌표를 박아 넣은 일이다."

카페를 나선 미카는 흑백의 선로를 따라 걸었다. 사과밭도 엄마 아빠도 가상의 데이터일 뿐이었다. 그럼 나라는 존재는 어디서 어떻게 시작된 건데? 어쩌다가 도망자 신세가 된 건데? 난 대체 누구냐고! 답답한 물음들이 치고 올라오면서 어제부터 미카를 괴롭히던 두통의 강도가 점점 더 세졌다. 그리고…… 머릿속에 선명한 색감의 기억이 재생되었다.

이번에도 그 여자아이였다.

아이는 미카의 뺨을 사정없이 후려쳤다.

"나는 네 원인간이야. 너한테 얼굴도 줬고, 나이도 줬고, 이름도 줬다고! 그런데 달아날 궁리를 해, 이 나쁜 년아?"

아이는 은색 방호복이 반쯤 벗겨진 상태였고 뺨과 목덜미가 온통 개흙투성이였다. 미카가 개흙을 닦아 주려 했지만 여자아이는 미카의 손을 뿌리쳤다. 그래도 미카는 다시 손을 뻗어 여자아이의 뺨을 닦아 주었다. 기억은 거기서 끊겼다.

"악차이 영감……."

고개를 마구 젓던 미카의 입에서 그 이름이 새어 나왔다. 악차이 영감은 빈민가에서 대체 인간 신체 개조 시술을 하는 엔지니어였다. 미카에게 지금의 외양과 목소리를 만들어 준

장본인이었으며, 브로커 윤 씨를 소개해 준 사람이기도 했다. 미카는 36번 인공 기억과 여자아이가 등장하는 기억의 오류에 대해 영감에게 묻고픈 게 아주 많았다.

3.

"오, 미카!"

악차이 영감은 썩은 이를 드러내며 웃었다. 밑단이 나달나달한 앞치마도 몇 해 전 그대로였다. 수많은 대체 인간들의 몸을 리뉴얼하면서도 본인의 것들은 낡아 가는 대로 버려 두고 있었다.

"윤 씨한테 들었다. 내일 떠난다지?"

"여기에…… 제 것이 아무것도 없어요."

미카는 손가락으로 제 관자놀이를 툭툭 건드리며 말을 이었다.

"다 가짜였어요. 낮에…… 고향집에 다녀왔거든요."

"언젠가는 이런 날이 올 줄 알고 있었다. 하지만 미카, 본래 기억을 지우기로 한 것도, 인공 기억을 머리에 넣기로 한 것도 다 네 선택이었다."

"말도 안 돼! 진짜 기억을 지우고 가상 데이터를 머릿속에 박아 넣는 멍청이가 어디 있어요?"

미카가 소리쳤다.

"진정해라 미카. 생존을 위해서였다. 도망자가 되기 전의 기억들이 네 발목을 잡을지도 모르니까. 호기심에 전에 살던 데를 찾아간다거나, 우연히 전에 알던 사람을 만나면 너도 모르게 아는 척을 한다거나. 그래서 본래 기억을 지웠다. 그리고 인공 기억은…… 너라는 사람을 성립시키기 위한 어쩔 수 없는 선택이었어. 사람이든 대체 인간이든 과거의 기억이 있어야 지금의 '나'가 설명되니까. 지금부터 네가 할 일은 죽은 듯이 몸을 사리는 거다. 고향집을 찾아간 일도 경솔했다. 현상금 사냥꾼들은 네가 생각하는 것보다 똑똑하다는 걸 명심해라."

"그럼 색감이 컨트롤이 안 되는 기억 데이터들도 인공 기억의 일부인가요?"

미카는 등받이 천이 찢어진 의자에 걸터앉았다.

"시각장치도 기억 재생장치도 다 흑백 모드로 전환했는데, 갑자기 색감을 가지고 떠오르는 기억이 있어요. 색감뿐만 아니라 기억을 떠올리는 일 자체가 컨트롤이 안 돼요. 내 의도와는 상관없이 불쑥불쑥 떠오르는데, 그럴 때마다 머리가 깨질 듯이 아파요."

"그건 나도 조사를 해 봐야 알 것 같은데. 어디 한번 보자."

악차이 영감은 전선 조각과 인공 살점이 흩어져 있는 수술대를 급히 정리했다.

악차이 영감이 인공 두개골에 구멍을 내고 잭을 연결하는데도 미카는 통증을 느끼지 못했다. 대체 인간은 인간의 폭력에만 통증을 느끼도록 설계돼 있기 때문이다. 선명한 색감의 기억이 불러오는 두통은 대체 인간의 일반적인 설계도와도 맞지 않았다.

미카의 기억 데이터를 검사하기 시작한 지 두 시간쯤 됐을 때, 악차이 영감은 마침내 안경을 모니터 앞에 벗어 놓았다.

"기억 데이터에 바이러스가 들어갔어."

"인공 기억이 불량품이었다는 뜻인가요?"

"아니. 누군가 인공 기억에 일부러 바이러스를 심었어. 바이러스는 오랜 기간 잠복해 있다가 정해진 조건이 충족되면 깨어나도록 돼 있었을 거야. 추측이긴 하다만, 네가 갑자기 이러는 걸로 봐서 메가시티 탈출 날짜가 정해지는 게 그 조건이었을 거야. 그리고 실제 바이러스가 활동을 시작하는 계기는 '기시감'인 경우가 많아. 비슷한 장면을 보거나 경험하면서, 과거의 기억이 폭발하는 거지."

그 말엔 미카도 짚이는 게 있었다. 담장 위에서 소리치던 여자아이의 기억이 재생된 건 태권도장 창밖으로 미카를 내려다보던 꼬마를 만난 직후였다. 두 사건 사이에는 기시감을 불러일으킬 만한 장면의 유사성이 존재했다.

"수술은 늘 영감님 혼자 하시잖아요. 그런데 누가 이런 짓을 했다는 거죠?"

"수술실엔 나만 있는 게 아니잖니."

악차이 영감은 미카를 가리키며 씩 웃었다.

"지금 날 의심하는 거예요? 미치지 않고서야 자기 머릿속에

148

바이러스를 집어넣는 사람이 어디 있겠어요? 그리고 무슨 수로 그런 일을 했겠어요?"

"바이러스 샘플 구하는 일이야 식은 죽 먹기지. 그리고 이건 단순히 기억 데이터를 헝클어뜨리는 교란형 바이러스가 아니야."

"그럼요?"

"확장형 바이러스야. 어떤 계기로 바이러스가 실행되면 스스로 데이터를 확장시켜 가는 놈이지. 엄밀히 말하면 바이러스라기보다 데이터 복원 프로그램이야. 넌 미래의 어느 시점에 과거의 기억을 되찾으려고 바이러스 형태의 복원 시스템을 심은 거야. 정체 불명의 통증은 기억이 복원되는 과정에서 일어나는 부작용일 거야."

"말도 안 돼. 그게 내 기억이라고요? 그 이상한 데이터에 따르면 나는 성질머리 고약한 어린애의 대체 인간이라고요. 썩 기분 좋은 기억도 아닌데 뭐 하러 되찾으려 하겠어요?"

"나야 모르지."

악차이 영감은 앞치마로 안경을 닦아 쓰고는 말을 이었다.

"확실한 건 내일이면 네가 떠난다는 사실이다. 늪지로 가서 살 궁리만 해. 그러자고 지금껏 버틴 거 아니냐. 물론 나야 단골 고객을 잃어서 서운하다만."

미카는 풀리지 않는 의문을 간직한 채 악차이 영감의 집을 나섰다. 골목 어귀까지 따라 나온 악차이 영감은 미카의 어깨를 두드려 주었다.

"처음 여기에 왔던 날, 넌 어린애의 모습이었다. 기껏해야 열대여섯 살이나 될까 말까 한 소녀였지. 그때 네가 나한테 한 말이 아직도 잊히지가 않아. 울고 싶은데 눈물이 안 나요, 영감님……. 미카, 그때 넌 이미 슬픔을 느낄 줄 아는 아이였어. 그날부터 나한테 넌 친구였고 '한 사람'이었다."

짧은 포옹을 뒤로 하고 미카는 빈민가 거리로 나왔다.

어둠에 잠긴 거리에서 세 번째 기억이 찾아왔다.

4.

이번에는 학교가 배경이었다.

알록달록한 타일이 깔린 복도를 따라 웬 남자아이가 달려왔다. 깔끔한 차림새에 유순해 보이는 인상을 가진 아이였다.

"진아야! 이따가 한솔이 생일 파티 같이 갈 거지?"

미카가 대답을 못 하자 남자아이는 얼굴을 찌푸렸다.

"어…… 너, 베타구나. 진아는? 진아 어딨어?"

미카는 진아가 어디 있는지 알고 있었지만 남자아이에게 알려 주기 싫었다. 오늘 진아는 미카와 선약이 있으니까. 둘이서 학교를 땡땡이치기로 약속했던 것이다. 미카는 진아에게도 이 일을 함구할 작정이었다. 어떤 남자아이가 널 찾더라는 말도, 오늘 한솔이의 생일 파티가 있다는 사실도 말하지 않을 참이었다.

150

기억은 거기서 끊겼지만 통증은 쉴 틈을 안 주고 몰아쳤다.

미카는 저도 모르게 휘우듬해지는 걸음을 가까스로 바로잡았다. 어둠 속에서 마주 오던 사람들이 욕을 퍼붓고 지나갔다. 미카를 술 취한 사람으로 오해한 모양이었다.

진아…….

그 아이의 이름이다. 담장에서 미카를 내려다보고, 미카의 뺨을 때리던 그 아이는 진아였다. 이게 정말 미카의 기억이라면 한때 미카는 진아의 베타였다. 진아와 똑같은 얼굴, 똑같은 신체 조건을 갖추고서 진아의 허드렛일을 대신 해 주는 대체 인간이었던 것이다. 그러니까 진아는…… 미카의 원인간 혹은 알파였다.

빈민가를 벗어난 미카는 온실 지구와 공단 지역을 지나 시내로 들어섰다. 고층 건물 전광판에는 대체 인간 광고문이 번뜩이고 있었다.

혼자서는 감당하기 버거운 삶. 대체 인간이 도와드립니다. 고효율, 고생산성. 당신의 능력을 극대화할 또 하나의 당신. 지금 바로 문의하십시오.

메가시티 시민들에게 대체 인간은 문의하고 주문하는 제품에 지나지 않았다. 진아 역시 그랬을 것이다. 그런데 왜 베타는 인공 기억에 바이러스를 심으면서까지 당시의 기억을 복원하려 했던 것일까. 미카는 베타-진아였던 시절의 자신을 이해할 수 없었다. 기억을 되찾는다 해도 달라질 건 없었다. 내일이면 미카는 메가시티를 영영 떠날 테니까.

하지만 일은 미카가 생각하는 것처럼 단순하게 돌아가지 않았다. 긴 하루를 보내고 돌아온 미카를 맞이한 건 수상한 그림자들이었다. 다행히 미카는 그림자들 눈에 띄기 전에 건물 외벽 그늘에 몸을 숨겼다. 오랜 도피 생활로 집 주변의 움직임을 살피는 게 습관이 된 덕이었다.

수상한 그림자는 둘이었다. 둘은 마주 오는 행인인 것처럼 무심히 서로를 스쳐 지나는 듯했으나, 미카의 집을 중심으로 10미터쯤 되는 지점에서 다시 방향을 돌려 서로를 향해 걸어오는 것이었다. 흑백의 골목에서 발견한 규칙성과 패턴, 도망자의 촉으로 보건대 그건 감시자의 움직임이었다. 미카는 집을 저 앞에 두고 발길을 돌려야 했다.

악차이 영감의 말처럼 사과밭에 다녀온 게 화근이었는지도 모른다. 그 일로 사냥꾼들이 따라붙었다면, 놈들은 이미 대체 인간의 인공 기억에 대해서도 알고 있다는 뜻이다. 인공 기억의 배경이 되는 실제 지점들의 GPS 좌표 역시 놈들 손에 있을 것이다.

다시 큰 찻길로 나온 미카는 버스 서너 대를 그냥 보냈다. 선택지는 두 가지였다. 은신처를 찾아서 내일 약속 시간 전까지 숨어 지내는 것. 그리고 바이러스가 불러온 기억들을 추적

152

하는 것. 윤 씨나 악차이 영감이라면 당연히 첫 번째 선택지를 고르라 할 것이다. 미카 생각에도 그게 합리적인 선택이었다. 지난 6년간 미카의 인생은 생존 자체가 목적이었다. 살아남고 버텨서, 더는 생존을 고민하지 않아도 되는 늪지로 가는 것. 그리고 그 꿈이 바로 저 앞에 있었다.

하지만…… 미카는 과거를 잃어버렸다. 사과밭 마을의 기억은 미카의 인생을 설명하는 키워드였다. 한때 행복했으나, 엄마 아빠의 죽음으로 폐기 처분될 위기에 처하자, 새 인생을 찾아 늪지로 가려는 존재. 그게 미카였다. 하지만 사과밭의 기억이 뒷골목에서 유통되는 인공 기억이란 걸 알아 버린 지금, 미카는 자신의 인생을 설명할 수가 없었다. 진아라는 아이가 등장하는 기억들은 미카를 설명해 줄 마지막 단서들이었다.

저만치 메가시티 투어버스가 보였다.

사람들이 타고 내렸다. 미카는 문이 닫히기 직전 홀쩍 버스에 몸을 실었다.

투어버스의 2층에는 관광 안내용 컴퓨터가 있었다. 미카는 경찰국 홈페이지에 접속한 다음, 대체 인간 도망자 명단을 확인했다. 원인간의 이름을 알면 도망자의 인적 사항도 알 수 있었다. 한참이나 명단을 살피던 미카는 마침내 과거 자신의 이름을 찾아냈다.

수배자 TXR0091-베타진아

이탈 지점 메가시티 W-8지구 층운2로

제보 5000 페눅스

체포 2만 페눅스

짤막한 정보 밑에 익숙한 얼굴이 있었다. 낯선 기억 속에서 미카에게 말을 걸던 진아의 얼굴이었다.

결국 미카는 바이러스가 복원시킨 기억들을 택했다. 나는 누구인가. 나는 무엇을 원하는가. 두 가지 물음에는 분명한 선후 관계가 있었다. 늪지로 떠나기 전 남은 시간은 단 하루. '나는 누구인가' 하는 물음을 파헤치려면 서둘러야 했다.

미카는 버스를 갈아타고 메가시티 서쪽 8지구로 갔다. 미카가 낮에 다녀온 빈민가에서 그리 멀지 않은 곳이었다. 오르막길을 따라가던 미카에게 네 번째 기억이 찾아왔다.

이층 침대가 있는 침실이었다. 미카는 위층에 누워 있었다. 목과 어깨가 욱신거렸다. 낮에 진아가 미카를 쫓아가다가 오염 지역 웅덩이에 빠지는 사고가 있었는데, 그 일로 진아의 아빠가 베타를 마구 때렸던 것이다. 아래층 침대에선 진아가 뭐라 뭐라 말을 걸었지만 미카는 쉬고만 싶었다. 진아 아빠의 매질이 남긴 건 신체적인 통증만이 아니었다. 자신이 기계일 뿐이라는 새삼스러운 자각……. 진아와 똑같은 외양을 가졌지만 미카는 가전제품이나 다름없는 물건이었다. 정해진 기능을 완벽하게 수행하지 못하면 두들겨 맞아야 하고, 때에 따라서는 반품되기도 한

154

다. 이미 아는 사실이었다. TXR0091-베타진아. 팔뚝에 새겨진 제품명이 그 증거니까.

그럼에도 미카는 'TXR0091-베타진아'라는 이름만으로는 자신을 다 설명할 수 없다고 생각했다. 오늘 쓰다 만 이야기를 내일 다시 이어 쓸 수 있는 것처럼, 미카는 자신의 이야기도 하루하루 이어진다고 믿었다. 그 이야기가 쌓여 미카라는 존재의 인생이 될 것이다. 아래층 침대에서 눈치 없이 조잘거리는 진아의 인생이 그러하듯……

미카가 대꾸를 해 주지 않자 진아가 아예 위층으로 올라왔다. 그러고는 미카의 얼굴을 빤히 들여다보는 것이었다.

"생긴 게 똑같긴 한데…… 조금씩 달라진단 말이야. 넌 여드름도 안 났잖아. 귀도 나만 뚫었고. 우린 자꾸 달라지고 있어. 듣고 있니, 베타?"

진아가 미카의 어깨를 마구 흔들었다. 하지만 미카는 꿈쩍도 하지 않았다.

"아빠한테 그렇게 두들겨 맞고도 잠이 오냐? 멍청이! 우린 점점 다르게 변해 가. 몇 달 후면 더 달라져 있을 거야. 그러다가 사람들이 우리가 안 닮았다는 이유로 널 다시 데려가면 어떡할 거야? 친구들이 그러는데 공장에 돌아간 대체 인간들은 죽는대. 말 좀 해 봐, 베타! 어휴, 잠탱이! 사람들이 데려가건 말건 나도 몰라!"

진아는 짜증을 내며 미카 옆에 드러누웠다. 기억은 진아에게서 나던 비누 향으로 끝이 났고, 미카는 어느덧 오르막길 끝의 아파트 단지 앞에 도착했다. 저 단지 어딘가에 베타-진아 시절 미카가 살던 집이 있을 것이다. 어딘가 제멋대로인 원인간과 폭력적인 아빠. 그들 틈에서 베타-진아가 어떤 시간을 보냈을지 짐작이 갔다. 행복하게 살았다면 악차이 영감을 찾아가서 울고 싶다는 고백 따위는 하지 않았을 테니까.

이제 미카는 '나는 누구인가'에 대한 답을 할 수 있을 것 같았다. 나는 베타-진아였고, 불행한 삶을 피해 달아났고, 6년간의 도망자 생활을 끝내고 내일이면 늪지로 떠난다.

홀가분한 맘으로 돌아서던 미카는 자신이 가로등 불빛 아래서 있다는 걸 깨달았다. 좀처럼 하지 않던 실수였다. 오늘처럼 사냥꾼의 징후가 포착된 밤에는 더더욱 하지 말았어야 할 실수였다. 악차이 영감의 말처럼 사냥꾼들은 미카가 생각하는 것보다 훨씬 똑똑했고, 놈들은 기회를 놓치는 법이 없으니까.

"하여튼 네놈들의 귀소본능은 알아줘야 한다니까. TXR0091-베타진아!"

호리호리한 체구의 사냥꾼이 정문 그늘에서 튀어나왔다.

5.

놈들은 5인조였다.

길은 네 갈래였다. 아파트 정문을 통과하는 길과 방금 미카가 올라온 오르막길, 그리고 양쪽으로 뻗어 있는 좁은 골목길이 두 개. 사냥꾼의 머릿수보다 길의 개수가 적다는 건, 퇴로 확보가 쉽지 않다는 뜻이었다.

역시 이 동네로 달려오는 게 아니었다. 악차이 영감의 충고대로 안전한 곳에서 죽은 듯이 숨어 있어야 했다. 6년을 버텨놓고 탈출 하루 전에 사냥꾼에게 잡힌다면 너무 억울할 것 같았다. 사냥꾼 셋이 레이저 충격기를 들고 다가섰고, 나머지 두 명은 큼지막한 손전등 같은 걸 치켜들고 있었다. 그물발사기였다. 그물에 갇히면 끝이었다.

사냥꾼들이 차츰차츰 거리를 좁혀 왔다. 그리고 그 순간…….

미카의 머릿속에 새로운 기억이 재생되었다. 진아에게서 비누 향이 나던 그날 밤의 기억이었다. 미카가 수면 모드로 눈을 감고 있는데도 진아는 계속 떠들었다. 좋아하는 남자아이 이야기를 털어놓았다가, 미카를 두고 불량품이라고 비아냥거렸다가 한숨을 쉬기도 했다. 그러다가 한참 동안 침묵이 이어졌고 진아는 마지막 말을 툭 내뱉었다.

"죽지 마, 베타."

진아가 사다리를 타고 1층 제 침대로 돌아가는 소리와 함께 기억은 끝이 났다.

제멋대로 굴던 진아가 왜 그런 말을 했는지는 미카도 모른다. 하지만 기억 속 그 말이 미카를 움직이게 했다. 아직은 죽을 때가 아니었다.

그물발사기를 치켜든 사냥꾼 중 하나가 틈을 보이기 시작했다. 모두들 정교한 움직임으로 미카와의 거리를 좁히는데 유독 그 사냥꾼만 주춤거리는 것이었다. 아직 이 일에 익숙지 않은 신참내기가 분명했다. 미카는 퇴로를 정했다. 신참내기 뒤편의 좁은 골목길…….

미카는 그쪽으로 무작정 달려가다가 신참내기가 그물발사기를 바투 잡는 순간 자세를 낮추었다.

펑! 밤하늘에 그물이 펼쳐졌고 미카는 몸을 굴려 그물을 피했다. 그러고는 신참내기의 다리를 걸어 넘어뜨린 다음 골목으로 내달렸다. 어둠 속에서 사냥꾼들의 발소리가 따라붙었고 미카는 골목 끝까지 내처 달렸다. 골목은 큰 찻길과 이어져 있었고, 미카는 신호 대기 중이던 차들 사이로 뛰어들었다. 미카가 다급하게 버스 문을 두드리자 운전기사는 마지못해 문을 열어 주었다. 가까스로 버스를 잡아 탄 미카는 베타-진아의 동네를 벗어났다.

미카는 대여섯 정거장 간격으로 버스를 바꿔 타면서 이동했다. 번화가에서 내린 미카는 24시간 영업을 하는 카페로 뛰어들었다. 어디든 꼭꼭 숨어야 할 타이밍이지만 미카는 환한 카페에 자리를 잡았다. 먹지도 않을 크루아상과 커피까지 시켜 놓고서야 한숨을 돌렸다. 6년 전 악차이 영감에게 처음 들은 뒤로 지금까지 지켜 왔던 수칙은 오늘 밤에도 유효했다.

"대체 인간에겐 필요 없는 일들을 주기적으로 해라. 화장실도 가고, 저녁 장도 보란 뜻이야. 사냥꾼들의 눈을 피하는 가장 좋은 방법은 인간들 틈에 두루뭉술하게 섞여 버리는 거다."

악차이 영감의 말은 옳았다. 실제로 지난 6년간 미카는 사냥꾼들을 용케 따돌리며 살아왔다. 그리고 어제와 오늘, 대체 인간인 미카에게 필요한 일들에 골몰하자 사냥꾼들이 바로 따라붙었다. 살아남으려면 베타-진아의 삶에 다가가는 일은 이쯤에서 멈춰야 했다.

새벽 3시, 추가로 주문한 블랙티를 앞에다 두고, 미카는 진아를 생각하고 있었다. 지난 6년간 악차이 영감의 조언과 미카 본인의 조심성 덕에 살아남았다면, 간밤에 미카를 살린 건 진아의 목소리였다. 머릿속에 나직이 울리던 진아의 귀엣말. 죽지 마, 베타……. 미카는 블랙티가 다 식어 가도록 그 말을 곱씹었다. 그러자 지금껏 품어 왔던 질문의 방향이 달라졌다.

나는 누구인가. 베타-진아였던 시절, 내 삶은 어땠는가. 그 물음이 진아에 대한 것으로 방향을 틀었다. 나의 알파였던 진아는 어떤 아이였는가.

6.

카페 창문 너머로 날이 새기 시작했다.

흑백 모드의 세상에서 일출은 언제나 장관이었다. 빛이 그림자를 서서히 밀어내면서, 세상은 극적인 변화를 겪는다. 늪지로 떠나는 날 새벽, 미카는 일출 속에서 마지막 기억들을 되찾았다.

청바지에 노란 니트를 받쳐 입은 진아가 눈을 반짝이며 말했다.

"우린 도서관에서 만나서 사람들 몰래 학교를 빠져나갈 거야."

"학교는 출입 절차가 아주 까다로운 곳이야."

미카가 난감한 표정을 짓자 진아가 피식 웃었다.

"너 같은 기계 따위가 인간의 유구한 역사를 알 리가 없지. 원래 세상 모든 학교에는 개구멍이 있게 마련이야. 선생들은 모르는 비밀 통로 말이야."

미카는 그 웃음을 어찌해야 좋을지 몰라 입을 꾹 다물고만 있었다.

그 장면을 끝으로 기억이 잠시 끊어졌다가 이어졌다.

이번에는 진아와 미카가 빈민가 골목에 서 있었다. 근무지를 이탈한 게 들통난 미카는 드론에 쫓기고 있었다. 미카는 처음으로 진아에게 자신의 꿈을 털어놓았다. 악착이 영감을 찾아가서 대체 인간의 신분증에 해당하는 바이오칩을 제거한 다음, 평범하게 살고 싶다는 꿈⋯⋯. 그러자 진아는 지금껏 꼭 잡고 있던 베타의 손을 놓았다.

"그럼 가. 악착이 할아버지를 찾아가. 가서 바이오칩도 빼 버리고, 네가 바라는 모습으로 다시 시작해. 그리고 이건 명령인데⋯⋯ 꼭 살아남아서 나 보러 와야 돼. 안녕, 베타."

160

진아가 돌아섰다.

진아는 미카를 대신해 드론을 유인하며 내달리기 시작했다.

그 기억을 끝으로, 미카의 머릿속에서 베타-진아였던 시절의 기억들이 얼기설기 이어 붙기 시작했다. 사과밭의 기억처럼 완전한 형태도 아니었고, 데이터량 자체도 보잘것없었다. 그럼에도 베타-진아의 기억은 미카의 과거가 돼 주었다. 또한 기억은 진아에 대한 기록이기도 했다.

기억은 언제나 진아의 인사말로 끝이 났다.

"안녕, 베타."

기억은 베타-진아가 도망친 이야기가 아니라 진아가 베타를 떠나보내는 이야기였다. 진아는 대체 인간의 노동력으로 얻을 수 있는 것들을 포기하고 베타를 살려 준 것이다. 미카는 왜 악차이 영감을 찾아온 베타-진아가 울고 싶다고 했는지 알 것 같았다. 지금 미카의 마음이 딱 그랬다.

"진아……."

눈물을 흘릴 수만 있다면 실컷 울고 싶었다.

아침 볕이 카페 유리벽을 넘어왔고, 미카는 다시 세상의 빛깔을 마주할 준비가 되었다.

시각 정보 처리장치 흑백 모드 오프. 기억 재생장치 흑백 모드 오프.

흑백의 세상이 물러나고 햇살은 오랜만에 실력 발휘를 했다. 무채색 빌딩숲 구석구석 햇살이 스며들자 여릿한 빛깔들이 앞

다투어 되살아났다. 이 도시 어딘가에 진아가 있을 것이다.

오전에 미카는 악차이 영감을 다시 찾아갔다. 악차이 영감은 미카의 부탁대로 베타-진아의 성긴 기억을 작은 칩에 복사해 주었다. 작업이 진행되는 사이에, 악차이 영감은 똑같은 질문을 세 번이나 던졌다.

"미카, 후회하지 않겠니? 그냥 늪지로 가는 게 낫지 않을까?"

그때마다 미카는 똑같은 답을 돌려주었다.

"제 뜻대로 해 주세요."

저녁 5시. 미카는 시립 도서관의 컴퓨터로 진아의 행적을 추적했다. 접속 기록은 그대로 사냥꾼들의 손에 넘어가겠지만 어쩔 수 없었다. 미카는 진아를 찾아야 했다. 20대의 노동자가 된 진아는 카트리지 생산 공장의 감독관으로 일하고 있었다.

저녁 7시. 미카는 카트리지 생산 공장에 도착했다. 브로커 윤 씨가 기다리는 르컨 카페로 가기에는 이미 늦은 시간이었다. 그리고 곧 사냥꾼들이 몰려들 터였다.

다행히 생산 공장과 외부 물류 공장 사이에 컨베이어 벨트가 있었다. 도난 방지 센서가 설치돼 있었지만 문제될 건 없었다. 절전 모드로 변환한 미카의 몸은 카트리지 상자와 별반 다를 바 없을 테니까. 미카는 몸을 절전 모드로 변환한 뒤 컨베이어 벨트에 올라탔다.

진아는 퇴근 준비를 마치고 지하 주차장으로 나오고 있

162

었다.

"당신 뭐야? 자동 경비 구역에 어떻게 들어온 거지?"

진아가 미카를 향해 레이저 충격기를 치켜들었다.

정말 진아였다. 베타의 뺨을 후려치고, 베타에게 작별 인사를 건네던 그 아이였다.

진아를 보고서야 베타는 자신이 왜 이런 일을 계획했는지 알 것 같았다. 꼭 살아남아서 만나러 오라던 말은 원인간의 명령이 아니었다. 그건 둘의 약속이었다. 베타-진아는 그 약속을 지키기 위해 진아에 대한 기억을 보관해 두었던 것이다. 그리고 6년 만에 미카는 그 약속을 지키게 되었다.

미카는 호주머니에 넣어 둔 기억 저장칩을 만지작거렸다. 진아에게라면 자신의 기억을 맡길 수 있을 것 같았다. 그리고 진아가 기억을 깨워 주기만 한다면 미카는 언제든 세상에 다시 올 준비가 돼 있었다.

"이봐, 아가씨. 아직 뭘 모르나 본데, 개구멍은 애들 학교에만 있는 게 아니라고."

그 말에 진아는 천천히 레이저 충격기를 내렸다. 눈이 커다래진 진아를 보고 있자니 미카는 웃음이 났다.

오랜만이야, 나의 알파…….

어느 B의 이야기

어려서부터 사람을 잘 믿지 못하는 편이었다. 익숙하고 가까운 존재들을 의심의 눈초리로 살피며 살아왔다. 몇 시간째 같은 말을 하고 또 하는 친척 할아버지가, 사람을 아래위로 훑고 시작하는 학생부장이, 입도 벙긋 안 했는데 나의 일과를 다 꿰고 있는 언니가…… 혹시 외계인일지 누가 아는가.

고속도로 휴게소 서점에서 구한 도시 괴담집, 뉴욕 메트로폴리탄 박물관 앞길 가판대에서 구한 타블로이드판 신문, 농산물 택배상자 밑바닥에 깔려 있던 옛날 잡지까지, 무엇에서든 외계인에 대한 단서를 찾으려 했다.

나름 집요했지만 아직 이렇다 할 흔적을 찾지는 못했다. 포기할 생각은 없다. 보지 못했을 뿐, 그들은 늘 내 곁에 있었다. 반쯤은 진실이고 반쯤은 상상인 채로.

이런 나에게 현실적인 대안을 제시하는 이들도 있었다. 황당무계한 루머에 휘둘리지 말고 나사 측의 공식 입장에 귀를 기울이라고, 또 삼류 미디어의 기사 말고 아서 C. 클라크의 소설을 읽으라고.

정말이지 눈치라곤 눈곱만큼도 없는 참견이다. 숨바꼭질을 하는 아이들에게 누가 어디 숨었다며 일러 주는 것과 똑같은 무례다. 숨바꼭질은 누굴 꼭 찾아내려는 목적으로 하는 놀이가 아니다. '찾음' 자체가 숨바꼭질의 속성이며 목표이듯, 나에게도 외계인을 쫓는 일 자체가 목표다. 이 추적 게임은 조금 쓸쓸하고 불안했던 내 성장기의 추억이며, 지금도 진행 중인 인생 프로젝트다. 주변에서 크고 작은 불화가 있을 때마다 나는 이 게임 속으로 달아났고, 황량한 외로움이 덮쳐 올 때도 멀리 산등성이와 하늘의 경계면을 살피며 UFO를 쫓곤 했으니까.

이런 사람이 작가가 되고 나니, 글에서도 그 색깔이 묻어나는 모양이다. 심심찮게 B급 감성을 지닌 작가라는 평이 들려오는 걸 보면.

알고 있다. 나는 오래 전부터 마이너였고, 비주류였고, B였다. 고시랑고시랑 떠드는 건 좋아하는데 사람들의 주목을 받는 건 싫어하고, 내가 좋아하는 영화들은 흥행에 실패하기 일쑤였다.

그런 B가 몇 해 전부터 청소년소설을 쓰고 있다. 외계인 추적꾼에 불과했던 나에게 새로운 인생 테마가 생겼다. 바로 청소년의 이야기를 짓는 일이다. 나는 사실 청소년에 대해 잘 모른다. 모르는 채로 너희의 이야기를 쓴다. 어쩌면 외계인을 쫓듯 너희를 쫓고 있는지도 모르겠다. 나에게 반쯤은 진실이고 반쯤은 상상인 너희를.

요즘 들어 심심찮게 작품 속에서 외계인과 청소년이 만난다. 그 조합에 가슴이 뛴다. 그중 세 작품이 『너만 모르는 엔딩』에 들어 있다. 제법 말이 잘 통하는 상대로, 인류를 멸종시키려는 침략자로, 동네 점집 아저씨로. 외계인을 너희에게 소개하는 일이 즐거웠다. 어쩌면 너희를 외계인에게 소개하는 과정이었는지도 모르겠다. 앞으로도 더 쓸 것 같다. 내 안에서 뽀스락거리며 굴러다니는 이야기들이 더 있으니까.

올 가을엔 몇 년 부은 적금 통장을 깨서 영국 스톤헨지에 다녀왔다. 주변에는 거창한 평계를 대고 떠났지만 사실은 그 일대가 UFO 출몰 지역으로, 미스터리 서클 발견지로 유명해서였다. 결국 이렇다 할 증거는 찾지 못하고 돌아왔지만, 목격자들은 만나 보았다. 스톤헨지 주변의 양떼였다. 놈들은 다 알면서도 풀만 뜯고 있었다. 양들의 침묵…… 나 같은 추적꾼들은 늘 겪는 일이다. 잘 모르는 사람들은 마구 떠들고, 비밀을 아는 자들은 죽어라고 입을 닫는다.

나는 평생을 두고 외계인과 청소년을 쫓아다닐 생각이다. 이 글을 읽는 외계인과 청소년이 있다면…… 부디 잘 피해 다니시길. 난 추적과 의심의 고삐를 놓치지 않을 테니까.

최근에 눈여겨보고 있는 상대는 사계절출판사의 김태희 팀장님이다. 팀장님은 작년보다 곱절로 바빠 보였고, 마지막으로 만났을 때는 맛있는 초코케이크에 포크 한 번 대 보지 않고 그냥 갔다. 어느 시점엔가 외계인이 김태희 팀장님과 몸을 바꿔치기한 건 아닐까, 살짝 의심이 간다. 원고를 열심히 봐주셨으니, 외계인이라 해도 감사할 따름이다.

이 작품집을 지구에 잠입한 외계인과 대한민국 청소년, 그리고 예쁜 별이 되신 한낙원 선생님과 김이구 선생님께 바친다.

최영희

너만 모르는 엔딩

2018년 11월 9일 1판 1쇄
2023년 5월 20일 1판 8쇄

지은이 최영희

편집 김태희, 장슬기, 나고은, 김아름 **디자인** 김민해 **제작** 박흥기
마케팅 이병규, 이민정, 최다은, 강효원 **홍보** 조민희

인쇄 천일문화사 **제책** J&D바인텍

펴낸이 강맑실
펴낸곳 (주)사계절출판사 **등록** 제406-2003-034호
주소 (우)10881 경기도 파주시 회동길 252
전화 031)955-8588, 8558 **전송** 마케팅부 031)955-8595 편집부 031)955-8596
홈페이지 www.sakyejul.net **전자우편** literature@sakyejul.com
블로그 blog.naver.com/skjmail **페이스북** facebook.com/sakyejul
인스타그램 instagram.com/sakyejul

ⓒ 최영희 2018

ISBN 979-11-6094-406-8 44810
ISBN 978-89-5828-473-4 (세트)